am 06:52

pm 11:56

黑夜之後

藍小說 941

黑夜之後

村上春樹＝著

賴明珠＝譯

1

pm

眼前看見的是都市的姿態。

透過飛在高空的夜鳥的眼睛，我們從上空捕捉那光景。在寬闊的視野中，都市看起來就像一個巨大的生物。或者說，看起來像許多生命體糾纏在一起所形成的一個集合體。無數的血管，伸展到無從掌控的身體末端，讓血液循環，永不休止地更替細胞。送出新的資訊，回收舊的資訊。送出新的消費，回收舊的消費。送出新的矛盾，回收舊的矛盾。身體配合著脈搏的節奏，正處處閃爍、發熱、蠕動著。時刻已近午夜，活動畢竟已經越過高潮，然而維持生命的基礎代謝作用卻仍絲毫不衰退地繼續進行著。都市所發出的低吟，以持續低音存在那裡。沒有起伏，單調，卻蘊含著預感的低吟。

我們的視線，選擇光線特別集中的一個角落，對準焦點。朝那一點靜靜地落下去。五光十色的霓虹燈海。那稱為繁華街的地區。大樓牆面裝著好幾面巨大的數位螢幕，將以午夜為界沉默下來，但店頭的擴音喇叭還不肯罷休依然起勁地敲出嘻哈音樂誇張的低音。大型遊樂場裏擠滿了年輕人。熱鬧的電子音。剛從宴會出來的成群大學生；頭髮染成明亮的金色，迷你裙下露出健康雙腿的十幾歲女孩子們；急著趕上最後一班電車，正快步穿越縱橫交錯的站前步行區的上班族。然而就算已經到了這個時刻，卡拉ＯＫ店招徠客人的呼喚聲依然熱勁十足。外部裝潢氣派的豪華黑色休旅車，像在品鑑都會夜街般緩慢地駛過去。貼著漆黑濾光紙的窗玻璃，令人聯想到生息於深海裡，擁有特殊皮膚和器官的生物。二人組的年輕警官以緊張的臉色巡邏著同一條街，可是幾乎沒有什麼值得他們特別注意的東西。這個時刻的街上，還順著街道本身的原理發揮著機能。季節是秋末。沒有風，空氣冷冷的。再過不久，日期就要換成另一天了。

我們在Denny's餐廳裡。

燈光雖然沒什麼情調，卻已足夠明亮，無表情的室內裝潢和餐具，店鋪設計專家們精密計算到細節的樓面空間配置，小音量播出的無害背景音樂，被訓練成必須依照待客手冊正確應對的店員們。「歡迎光臨Denny's。」店裡無論任何地方，都是由可以替代的匿名性事物所成立。現在店內幾近客滿狀態。

我們在店裡環視一圈之後，眼光停在窗邊座位的一個女孩子身上。為什麼是她呢？為什麼不是其他別人呢？理由不清楚。不過這個女孩不知道為什麼就吸引住我們的目光——非常自然地。她坐在四人座的餐桌讀著書。穿著灰色連帽罩衫、牛仔褲，看來似乎洗過無數次的褪色黃色運動鞋。旁邊椅背上披著運動夾克。這看起來也絕對不是新的。年齡看來大約是大學新生的樣子。雖然不是高中生，不過某些地方還留有一點高中生的氣息。頭髮黑黑短短的，直髮。幾乎沒有化妝，也沒有戴什麼像首飾的東西。修長的小臉。戴著黑框眼鏡。眉間不時認真地皺起來。

她相當專心地看著書。眼睛幾乎沒有離開書頁。厚厚的精裝書，但因為封面包著書店的包裝紙，看不出書名。從她一臉認真讀著的表情看來，可能是一本內容艱澀的書。沒有跳著翻閱，而是一行一行細細咀嚼的氣氛。

桌上有咖啡杯。有煙灰缸。煙灰缸旁一頂深藍色棒球帽。上面有波士頓紅襪隊B的標誌。對她的頭來說尺寸也許有點過大。旁邊的椅子上放著茶色皮背包。

從鼓脹的方式看來，似乎是在短時間內把各種東西，想到什麼就一一丟進去。她每隔一段時間便拿起咖啡杯送到嘴邊，看不出特別享受著那滋味的樣子。只不過眼前有咖啡，所以就當成任務般喝著。又像想起來似的嘴上叼起香煙，用塑膠打火機點火。瞇起眼睛，毫不造作地把煙吐到空中，香煙擱在煙灰缸，然後像要鎮定住預期的頭痛般，用指尖撫摸著太陽穴。

店裡輕聲播放的音樂，是Percy Faith樂團的〈Go Away Little Girl〉。當然誰也沒有認真聽。各式各樣的人在深夜的Denny's吃東西，或喝咖啡，但女性單獨一個的客人卻只有她而已。她有時候會從書本抬起臉來，看看手錶。時間似乎並沒有想像中過得那麼快。但看來她並沒有跟誰約好的樣子。既沒有環視店內，也沒有往門口瞧。只是一個人在看著書，有時候點起香煙，機械性地拿起咖啡杯來喝一口，期待著時間能盡快過去。但不用說，要等天亮來臨，時間還多得是。

她停止看書，眼睛望向窗外。從二樓的窗戶，可以俯瞰熱鬧的街上。到了這個時刻路上還相當明亮，許多人來來往往。有地方可去的人，沒地方可去的人。有目的的人，沒目的的人。想留住時間的人，想推動時間過快一點的人。她眺望著那樣漫無目的的街頭風景一會兒之後，調整一下呼吸，又把眼光再度轉回書本的頁面。伸手拿起咖啡杯。香煙只抽了幾口而已，便在煙灰缸上逐漸化為形狀端正的灰。

入口的自動門打開，一個身材瘦瘦高高的年輕男人走了進來。穿著黑色短皮外套，皺巴巴的橄欖綠斜紋棉長褲，茶色粗重靴子。頭髮相當長，好些地方糾結在一起。或許這幾天，碰巧沒有機會洗頭。或許剛剛才穿越某個深深的林間草叢走出來。或者頭髮亂蓬蓬的，對他來說本來就是一種最自然的、安心的狀態。人雖然瘦，不過與其說是修長帥氣，不如說給人一種營養不是很夠的印象。肩上掛著一個黑色大樂器盒。管樂器。另外還提著一個髒髒的大手提袋。裡面似乎裝著樂譜和其他瑣碎東西。右臉頰上，有一道引人注目的深刻傷痕。好像被尖尖的東西挖過似的短疤痕。除此之外，並沒有什麼醒目的地方。一個極普通的青年。有一種像在路上迷了路、個性良好卻不怎麼機靈的雜種狗那樣的氣質。

負責帶位的女服務生走過來，引導他往後面的座位。經過正在讀書的女孩子桌邊。年輕男子已經走過去了，然後又像想起什麼似地停住腳步，彷彿倒轉底片般慢慢往後退，回到她的桌邊。然後歪著頭，興趣濃厚地看著她的臉。在腦子裡搜尋記憶。花了一些時間才想起來。好像做什麼事情都很花時間的那種類型。

女孩子發現他那舉動，把臉從書上抬起來，瞇細眼睛，看看站在那裡的年輕男子。因為對方個子高，因此變成仰著頭的感覺。兩人視線相遇。男的微微一笑。顯示沒有惡意的微笑。

他先出聲招呼，「嘿，如果我搞錯的話，對不起，妳是淺井惠麗的妹妹嗎？」

她不出聲。以像在看庭園角落長得過分茂盛的灌木似的眼光，看著對方的臉。

「我們以前見過一次嘛。」男的繼續說。「嗯，妳的名字是不是由麗。跟妳姊姊差一個字。」

她依然維持深深警戒的視線，簡潔地更正，「瑪麗」。

男的把食指指向空中。「對對，瑪麗。惠麗和瑪麗。差一個字。妳一定不記得我了吧？」

瑪麗稍稍偏著頭。是yes或no，看不出來。把眼鏡摘下，放在咖啡杯旁。

女服務生走回來問道。「你們是一起的嗎？」

「嗯，是的。」他回答。

女服務生把菜單放在桌上。男的在瑪麗對面坐下，樂器盒子放在旁邊的椅子上。然後才想起來似的問瑪麗。「我可以在這裡坐一下嗎?吃過東西馬上就走。我外面另外有約。」

瑪麗稍微皺一下眉。「這種事情，不是一開頭就該問的嗎?」男的被這麼一問，想了一想。「妳跟人有約嗎?」

「不是這個問題。」瑪麗說。

「那麼就是，禮貌問題了?」

「是啊。」

男的點點頭。「說得也是。確實，應該一開始就問可不可以一起坐的。這個我道歉。不過，店裡人很多，而且我不會打攪很久。可以嗎?」

瑪麗微微聳一下肩。像在說隨你便似的。男的攤開菜單來看。

「妳吃過了嗎?」

「肚子不餓。」

男的表情為難的看過一遍菜單之後，啪搭蓋起來，放在桌上。「其實沒有必要看菜單的。我只是裝出在看的樣子而已。」

瑪麗什麼也沒說。

「我在這裡只吃雞肉沙拉。每次都一樣。要問我為什麼的話，在Denny's值得吃的只有雞肉沙拉而已。菜單上的東西我全都試吃過了。妳在這裡吃過雞肉沙拉嗎？」

瑪麗搖搖頭。

「不錯噢。雞肉沙拉，和烤得酥酥的土司。我在Denny's只吃這個。」

「那為什麼還一一看菜單呢？」

他用手指撫平眼尾的皺紋。「這個嘛，妳想想看。走進Denny's來，菜單也不看一眼，就唐突地點雞肉沙拉，不是滿無趣的嗎？豈不等於說，我是為了愛吃雞肉沙拉所以才常來Denny's的感覺嗎？所以我還是會翻開菜單來，看個一遍，假裝想一想之後才決定雞肉沙拉。」

女服務生送水過來時，他點了雞肉沙拉，和烤得酥酥的土司。「要咖啦咖啦酥酥的噢。」他強調。「快要焦掉之前的。」然後再加點了餐後咖啡。女服務生在手中的機器上輸入點的東西，再複誦一遍確認。

「還有請幫這位小姐續杯咖啡，對嗎？」他說，指著瑪麗的咖啡杯說。

「好的。馬上送續杯咖啡過來。」

男的望著女服務生離去。

「妳不喜歡雞肉？」他問。

「也不是。」瑪麗說，「只是在外面不太吃。」

「為什麼？」

「因為連鎖店餐廳送出來的雞肉，多半都不知道餵過什麼藥物。什麼成長激素之類的。雞被關在狹小陰暗的籠子裡，被打好多針，吃含有化學物質的飼料長大，然後被送到輸送帶，用機器卡答卡答把頭折斷，用機器拔毛。」

「哇！」他說。然後微笑。一微笑起來眼尾的皺紋就變深。「喬治・歐威爾（譯註：《動物農莊》作者）式的雞肉沙拉。」

瑪麗瞇細眼睛看著對方的臉。無法適當判斷，自己是不是被取笑了。

「那是一回事，不過這裡的雞肉沙拉不錯噢。真的。」

他說完之後，好像突然想起來似的脫下皮外套，摺起來放在旁邊的座位。然後雙手在桌上頻頻搓著。他外套裡穿的是綠色織得不密實的圓領毛衣。毛衣的毛線，也和頭髮一樣有好些地方糾結在一起。他似乎是不太在意日常穿著的那種人。

「上次跟妳見面，是在品川一家飯店的游泳池噢，兩年前的夏天。妳記得嗎？」

「好像是。」

「有我的好朋友，有妳姊姊，有妳，然後還有我。總共四個人。我們剛剛上大學，妳大概是高二。對嗎？」

瑪麗不太感興趣地點頭。

「我的好朋友那時候跟妳姊姊開始淡淡地交往，所以才把我拉進去像是兩對約會似的。不知道從哪裡弄來四張飯店的游泳招待券。然後，妳姊姊就把妳帶來。可是妳幾乎沒怎麼開口說話，一直泡在游泳池裡，像精壯有勁的海豚似的游著。然後大家走進飯店的茶館，吃了冰淇淋。妳點了Peach Melba（譯註：Peach Melba是法國名廚艾斯科菲葉特地為女高音Neillie Melba做的甜點，因節食中的Melba喜歡吃而聞名。）。」

瑪麗皺起眉頭。「為什麼連這麼細微的事情也一一記得呢？」

「因為我從來沒有跟吃Peach Melba的女孩約會過，然後當然還有妳當時很可愛呀。」

瑪麗不為所動地看著對方的臉。「騙人。你明明就只一直在偷看我姊姊。」

「是嗎？」

瑪麗以沉默來回答。

「或許有這麼回事也不一定。」他承認。「因為不知道為什麼還記得她穿的泳衣非常小。」

瑪麗拿出香煙來含在嘴上，用打火機點著。

「可是，」他說：「不是我幫Denny's說好話，我覺得比起吃可能有若干問題的雞肉沙拉，其實抽一包香煙對身體更不好。妳不覺得嗎？」

瑪麗沒理會這問題。

「那時候，本來有另外一個女孩子要去的，但她臨時身體不舒服，我才勉強被帶去，代替她湊人數。」她說。

「所以妳不太開心。」

「我記得你呀。」

「真的嗎？」

瑪麗指著自己的右臉頰。

男的用手摸摸臉頰上深深的傷痕。「噢，這個啊。是我小時候，騎腳踏車速度衝太快，轉彎沒轉好。如果再差個兩公分的話，右眼就瞎掉了。耳垂也變形了呢，想看嗎？」

瑪麗皺起眉搖搖頭。

女服務生送雞肉沙拉和土司到餐桌來。在瑪麗的咖啡杯裡加入新的咖啡。然後確認一下點的東西是不是全送到了。他拿起刀子和叉子，以熟練的手勢開始吃雞肉沙拉。然後拿起土司來仔細端詳。皺起眉頭。

「怎麼特地吩咐她們要烤到咖啦咖啦酥酥的土司，還是沒辦法照你點的那樣烤出來。真搞不懂。能擁有日本人的勤勉、高度的技術文化、和Denny's連鎖店所追求的市場原理的話，要把土司烤得酥酥脆脆的應該不是那麼困難的，對吧？可是為什麼卻辦不到？連一片土司都沒辦法依照點的方式烤好的文明又有什麼價值可言呢？」

瑪麗沒怎麼理會他。

「話說回來妳姊姊以前長得真漂亮。」他好像自言自語似地說。

瑪麗抬起頭來。「你，為什麼用過去式說呢？」

「為什麼嗎？……因為只是在談以前的事情所以用過去式。並不是說現在就不漂亮，沒這個意思。」

「現在好像也很漂亮噢。」

「那就再好不過了。可是，老實說，我對淺井惠麗的事情並不太清楚。高中時代雖然同班了一年，不過當時根本沒跟她說過什麼話。應該說，她不跟我說話比較接近事實吧。」

「不過你很關心她噢？」

男的把叉子和刀子停在半空中想了一下。「要說關心嘛，其實，那是一種像知的好奇心似的東西吧。」

「知的好奇心？」

「就是，如果我能跟像淺井惠麗那樣美麗的女孩子約會的話，到底會是什麼感覺？這類的想法。因為她畢竟是個能在雜誌上當模特兒的女孩呀。」

「這就是知的好奇心？」

「的一種。」

「可是當時跟惠麗交往的是你的朋友，而你只是奉陪他們而已對嗎？」

他嘴裡塞滿東西，點點頭。也不著急，花時間咀嚼著。

「我這個人說起來算是比較內斂的。不適合在聚光燈下亮相，比較適合當配菜，就像生菜啦，炸薯條啦，或是Wham!（轟）合唱團的搭檔一樣。」

「所以就被派來當我的對象。」

「不過，其實妳那時候也很可愛喲。」

「嘿，你這個人的個性是不是特別喜歡用過去式呢？」

男的微微笑。「沒有啊，也不是這樣，我只是把當時的心情，從現在這個時間點坦白表現出來而已。妳那時候相當可愛。真的。不過妳幾乎都不肯跟我講話。」

他把刀叉放在盤子上，喝了玻璃杯的水。用紙巾擦擦嘴角。

「所以妳在游泳的時候，我就問淺井惠麗，為什麼妳妹妹不太願意跟我說話，我有什麼問題嗎？」

「她怎麼說？」

「她說，妳平常就不會主動跟任何人說話。有一點怪，雖然是日本人，可是講中文好像比講日語的時候還多。所以不必介意。還說她並不覺得我有什麼特別的問題。」

瑪麗沉默不語，把香煙在煙灰缸按熄。

「不是我特別有問題吧？」

瑪麗想了一下。「我也記不太清楚了，不過我想並不是你有問題。」

「太好了。我還滿擔心的。當然我確實有幾個問題，不過，那畢竟是我自己內部的問題，所以如果那麼容易就被人注意的話，也很傷腦筋。尤其是在暑假的游泳池畔之類的地方。」

瑪麗像要確認似地再看一次對方的臉。「我想內部的問題那時候應該沒看出來。」

「那就放心了。」
「不過我想不起你的名字。」瑪麗說。
「我的名字？」
「對。」
他搖搖頭。「忘了也沒關係呀。一個徹底平凡的名字。有時候連我自己都想忘記。不過自己的名字，想忘記還沒那麼容易呢。但如果是別人的名字，就連非記起來不可的名字，也都會一一忘掉。」
他好像在尋找不小心遺失的什麼東西似的，眼睛瞟一下窗外。然後又再看看瑪麗。
「我一直覺得很不可思議，為什麼妳姊姊那時候，一次也沒有下水？那天天氣很熱，還好不容易特地去到那華麗的游泳池。」
瑪麗一副連這種事情你都不懂的臉色。「因為她不喜歡上好的妝讓水溶掉啊。這還用說？而且主要是她穿著那樣的游泳衣，實際上也不能在水裡游泳吧？」
「是這樣啊。」他說。「同樣是姊妹，生活方式倒是相當不同。」
「因為是個別不同的人生啊。」

男的對她所說的話，尋思了一番。然後開口。

「為什麼我們大家都會個別走上不同的人生呢？也就是說，我是指就拿妳們的情況來說，同樣的父母所生，在同一個家庭長大，同樣是女孩子，可是為什麼卻會長成人格色彩那樣截然不同？什麼地方有那類似分岔路的東西呢？一個穿的是像手旗那樣尺寸的比基尼，在游泳池畔只是迷人地躺著而已，一個則穿著好像學校制服的泳衣，在水裡彷彿海豚般游個不停……」

瑪麗看著對方的臉。「你要我現在在這裡，用兩百字以內跟你說明那件事嗎？趁著你吃那雞肉沙拉的時候？」

男的搖搖頭。「不，不是，我說好奇心，其實只是把我腦子裡忽然浮上來的東西出聲說出來而已。妳不需要回答。我只是在問自己。」

於是正準備再回去吃雞肉沙拉時，又想起什麼來繼續說：

「我沒有兄弟姊妹。所以，只是純粹想知道而已。兄弟姊妹，會相像到什麼地步，又會從什麼地方開始不一樣？」

瑪麗沉默不語。男的手上還拿著刀叉，一面想著什麼一面一直注視著桌上的空間。

他說：「我曾經讀過一個故事，講三個兄弟漂流到夏威夷的某一個島上。那是從前的神話。因為是小時候讀的，所以正確的情節已經忘了，大概是這樣的。三個年輕兄弟出去捕魚，遇到暴風雨，在海上漂流了很久，終於被沖到一個沒有人住的海島岸邊。一個美麗的海島，椰子樹迎風搖曳，水果結實纍纍，正中央矗立著一座非常高的山。那天夜裡，神出現在他們三個人的夢中這樣說：在前面一點的海岸上，你們會發現三塊大大的圓石頭，你們可以各自滾動一塊石頭到自己喜歡的地方去。滾到石頭停下的地方，就是你們各自應該落地生根長久定居的地方。越往高處去，就可以眺望世界越遠。要到什麼地方是你們的自由。」

男的喝一口水，緩一口氣。瑪麗臉上雖然一副漠不關心的樣子，不過耳朵確實是在聽著他的話。

「到這裡妳聽懂了嗎？」

瑪麗輕輕點頭。

「接下來還要聽嗎？如果沒興趣就不說了。」

「如果不長的話。」

「沒有多長。還滿簡單的故事。」

他再喝了一口水之後又開始繼續說：

「正如神說的那樣，三兄弟在海岸上發現三塊大石頭。然後依照吩咐，滾動那石頭。非常大而重的石頭，要滾動十分吃力，何況要推上坡道更是非常辛苦。最小的弟弟最先叫苦。『兩位哥哥，我到這裡就好了。這裡離海邊近，又可以捕到魚。已經很夠我生活了。不用看到太遠的世界也沒關係。』小弟這麼說。兩個哥哥則依然繼續往前推進。可是到了半山腰一帶時，老二也開始叫苦了。『大哥，我到這裡就行了。這裡有豐富的水果，可以夠我生活下去了。看不到那麼遠的世界也沒關係。』大哥則繼續往上坡路推進。路變得越來越狹窄險峻，可是他還不放棄。個性很能吃苦耐勞，一心想要看世界看得更遠一點。於是費盡力氣，繼續把石頭往上推。耗費了好幾個月，幾乎不吃不喝，總算把那塊石頭推到高山頂上去了。他在那裡停下來，眺望世界。現在他可以比任何人都望見更遠的世界。那裡是他要住的地方。既沒有長草，好像也沒有鳥飛。水分說起來只能舔到冰和霜而已，吃的東西說起來只能啃青苔。不過他並不後悔。因為他可以眺望世界……就這樣夏威夷那座島的山頂上，現在還有一塊又大又圓的石頭孤零零地留在那裡。這樣的故事。」

沉默。

瑪麗提出問題。

「這個故事裡有類似教訓的東西嗎？」

「教訓大概有兩個。一個是，」他立起一根手指，「人，每一個都不同。就算是兄弟。另外一個，」他立起第二根手指，「如果真的想知道什麼的話，人就必須付出相對的代價才行。」

「我覺得兩個弟弟所選擇的人生好像比較正常的樣子。」瑪麗陳述她的意見。

「就是啊。」他承認。「來到夏威夷了，誰也不會想去舔霜、吃苔過日子吧。確實是。不過那個大哥，有想看更遠的世界這樣的好奇心，而且無法壓制這股好奇。不管必須付出多大的代價也在所不惜。」

「知的好奇心。」

「沒錯。」

瑪麗在想著什麼。一隻手放在厚厚的書上。

「請問妳在看什麼書，就算我這麼有禮貌地問，恐怕妳也不會理我吧？」他說。

「大概。」

「看起來非常重的書。」

瑪麗沉默不語。

「並不是女孩子通常會放在皮包裡帶著走的厚度噢。」

瑪麗依然保持沉默。他放棄了，又繼續吃東西。而且這次什麼也不說，專心地吃著雞肉沙拉，直到全部吃完。花時間咀嚼、喝了很多水。向女服務生再要了幾次水。把最後一片土司也吃完。

「妳家是不是在日吉那邊？」他說。吃完的盤子已經被收走了。

瑪麗點點頭。

「那麼最後一班電車已經趕不上了。如果要搭計程車的話另當別論，否則到明天早晨以前沒有電車了噢。」

「這種事情我知道啊。」瑪麗說。

「那就好。」

「你住什麼地方我不知道，不過你的最後一班電車也已經沒了，不是嗎？」

「高圓寺。不過我一個人住，反正我要一直練習到早晨。而且萬一有事的話也有朋友的車。」

他輕輕地鼕鼕敲一敲旁邊的樂器盒子。好像在敲親密的狗的頭時那樣。

「我在附近大樓的地下室，跟樂團一起練習。」他說。「在那裡的話弄出多大的聲音都不會有人抱怨。暖氣幾乎無效，所以這個季節會很冷，不過因為可以免費使用，所以也不能要求太多。」

瑪麗看一眼樂器盒子。「那個是，伸縮喇叭？」

「是啊。妳很清楚嘛。」他似乎有點驚訝地說。

「伸縮喇叭的形狀，我起碼還知道。」

「嗯，不過，世上也有不少連伸縮喇叭這種樂器的存在都不知道的女孩子。唉，這也沒辦法。Mick Jagger啦、Eric Clapton，都不是吹伸縮喇叭而成為明星的。Jimi Hendrix或Pete Townshend曾經在舞台上把伸縮喇叭敲壞過嗎？怎麼可能？大家都是把電吉他敲壞。就算敲壞伸縮喇叭也只會被人家笑而已。」

「那你為什麼會選擇伸縮喇叭當自己的樂器呢？」

男的在送來的咖啡裡加入奶精，喝了一口。

「我中學的時候，在二手唱片行裡碰巧買了一張《Blues-ette》的爵士唱片。很老很老的LP唱片。為什麼會買這種東西呢。我不記得了。因為我以前也沒有聽過什麼爵士樂呀。不過總之，A面的第一首曲子就是〈Five Spot after Dark〉，我真是深深被感動。吹伸縮喇叭的是Curtis Fuller。第一次聽到的時候，真的覺得眼前一亮，好像罩在眼前的鱗片忽然掉下來似的，大開眼界。我想，對了！這就是我要的樂器。我和伸縮喇叭。命中註定的相遇。」

男的哼起〈Five Spot after Dark〉開頭的八小節。

「我知道啊，這一首。」瑪麗說。

他一臉不解的表情。「妳知道？」

瑪麗哼了接下來的八小節。

「妳為什麼會知道呢？」他說。

「不可以知道嗎？」

男的放下咖啡杯，輕輕搖搖頭。「完全沒有不可以。……可是，實在有點難以相信。現在這個時候居然有女孩子會知道〈Five Spot after Dark〉。……不過算了，總之我被那個Curtis Fuller煞到了，就因為這個契機才開始練起伸縮喇叭。我跟父母借了錢買了二手樂器，參加學校的樂隊社團，高中時候開始搞起樂團。剛開始是玩像搖滾樂團的伴奏似的。像從前Tower of Power那樣的。妳知道Tower of Power嗎？」

瑪麗搖搖頭。

他說：「沒關係。我以前玩過那種，現在只純粹、樸素地吹爵士。上的雖然不是什麼不得了的大學，不過倒有不錯的樂團。」

女服務生走過來要添水。他卻制止了。眼睛瞄一下手錶。「時間到了。我差不多該走了。」

瑪麗無言。沒有人阻止你，那樣的表情。

「不過反正大家都會遲到。」他說。

瑪麗對這個也沒特別發表意見。

「嘿，可以幫我問候妳姊姊一聲嗎？」

「這種事情，你自己不會打電話嗎？你知道我們家電話號碼吧。何況別說什麼問候了，我連你的名字都不知道呢。」

他稍微考慮一下。「不過，打電話到妳們家，如果淺井惠麗出來接，我到底該說什麼才好？」

「比方商量高中同學會啦，隨便什麼總可以想到吧。」

「我不太會講話，本來就不會。」

「跟我倒好像講了很多話。」

「跟妳不知道為什麼可以講。」

「跟我不知道為什麼可以講。」瑪麗重複對方的話。「不過在我姊姊面前就不會講了？」

「大概。」

「那是因為知的好奇心過分作用的關係嗎？」

是不是呢？他臉上露出那樣曖昧不明的表情。想說什麼，又改變主意作罷。深深嘆一口氣。然後拿起桌上的帳單，在腦子裡計算金額。

「我把我的份放在這裡，等一下請妳一起付好嗎？」

瑪麗點點頭。

男的看看她和她的書。稍微猶豫一下才說：「嘿，我這樣說或許多管閒事，不過，是不是發生了什麼事情？例如，像，跟男朋友鬧彆扭啦，跟家人吵架之類的。我是說，妳怎麼會一個人三更半夜天亮以前還留在街上呢？」

瑪麗戴起眼鏡，抬頭注視對方的臉。現場的沉默是緊密的、冷冷的。男的舉起雙手，手掌朝向她。表示自己說了不該說的話很抱歉的樣子。

「早晨五點左右，我想我還會到這裡來吃一點東西。」他說。「反正會肚子餓。那時候如果能再看到妳就好了。」

「為什麼？」

「嗯，妳說呢？」

「因為擔心嗎？」

「這也有。」

「因為希望我幫你問候我姊姊？」

「那或許也有一點點。」

「我姊姊一定連伸縮喇叭和烤麵包機的差別，都搞不太清楚噢。要是GUCCI和PRADA的差別的話倒可能一眼就分得清清楚楚。」

「每個人各有不同的戰場。」他微微笑著。

然後從外套口袋裡拿出小記事本來，用原子筆寫了什麼。把那一頁撕下來交到她手上。

「這是我的手機號碼。如果有什麼事情，就打電話到這裡。嗯，妳有沒有手機？」

瑪麗搖搖頭。

「我也這樣覺得。」他好像滿佩服自己地說。「直覺對我咬耳朵。說這女孩一定不喜歡什麼手機的。」

男的伸手拿起伸縮喇叭的盒子，站起來。穿上皮外套。臉上還留著微笑的影子。「那麼，再見了。」

瑪麗面無表情地點點頭。拿到的紙片也不好好看就放在帳單旁邊。然後調整一下呼吸，托著臉頰，又再回去看書。店裡小聲蕩漾著巴德・巴卡拉克（Burt Bacharach）的〈愚人節〉（April Fool）。

2

pm

房間裡暗暗的。不過我們的眼睛正逐漸習慣黑暗。床上有女人在睡覺。美麗的年輕女子，瑪麗的姊姊惠麗。淺井惠麗。並沒有誰告訴我們，不過不知道為什麼就是知道。黑色的頭髮，像溢出來的黑水般漫在枕頭上。

我們化為一個視點，正在看著她的姿勢。或許應該說正在**窺視**吧。視點化為浮在空中的攝影機，可以在房間裡自由地移動。現在，攝影機把位置移到床的正上方，照著她的睡臉。就像人在眨眼睛那樣，每隔一段時間就變換一下角度。她那形狀美好的小嘴唇，緊閉成一直線。猛一看，看不出在呼吸的樣子。不過仔細定睛注視，卻可以看出喉頭偶爾會輕微地，**非常**輕微地動著。是有在呼吸的。她的頭搭在枕頭上，採取仰望天花板的姿勢。不過實際上什麼也沒在看。眼瞼化為冬天堅硬的花蕾緊閉著。睡得很深。應該是連夢也沒作吧。

在望著淺井惠麗的姿勢之間，逐漸感覺到，那睡眠中有某種不尋常的地方。她的睡眠是那麼純粹、那麼完全。臉上的任何一處肌肉、眼睛的任何一根睫毛都沒有動一下。細緻白皙的脖子像工藝品般守著濃密的靜謐，小巧的下顎化為形狀美好的岬角，畫出端正的角度。不管多麼熟睡，人都不會踏進如此深奧的睡眠領域。不會把意識全面放棄到這種地步。

然而在和意識的有無截然分開的地方，卻還維持著保住性命所必需的身體機能。以必要最低限度的水準呼吸和心跳。她的存在，似乎被攤放在隔開無機性和有機性的狹小門檻上——悄悄地、小心地。然而這樣的狀況，到底為什麼、又是如何造成的，目前還無法知道。全身好像被一層溫暖的蠟完全包住似的，淺井惠麗正處於深深的、被小心守護的睡眠狀態中。而且那裡顯然有，和自然不相容的東西。目前，能夠判斷的只有這樣而已。

攝影機緩慢地往後方退著，先映出房間的整體面貌。然後尋找適當的目標，再開始作細部的觀察。這絕不是一間裝飾性的房間。也不是可以看出主人興趣和個性的房間。如果不仔細注意看，可能也不知道是年輕女孩的房間。完全看不見洋娃娃、布偶、首飾這些東西。連海報、月曆都沒有。面臨窗戶的一側有一張古老的木製桌子、一把旋轉椅。窗上裝的捲起式百葉窗簾是垂下來的。桌上放著簡單的黑色檯燈、最新型筆記型電腦（蓋子蓋著）。馬克杯裡插著幾支原子筆和鉛筆。

牆邊有一張簡潔的木製單人床，淺井惠麗就睡在那裡。雪白沒有花紋的床單。床對面牆上裝的置物架上，有一套小型的音響組合，放著幾個堆成一疊的CD盒子。旁邊是電話和十八吋電視。附有鏡子的化妝台。鏡子前面只放著唇膏和小巧的圓形梳子而已。牆裡是走進式的衣櫥。唯一的裝飾是，架子上排著五個小相框，裡面全是淺井惠麗自己的相片。每張都是她一個人獨照，沒有和家人或朋友一起拍。都是擺模特兒姿勢的職業性照片。可能是在雜誌上登過的吧。雖然有一個小書架，不過書只有數得出來的幾本而已，而且那多半還是大學的上課教材。此外就只有堆積如山的一疊大開本流行雜誌了。看來她是很難算得上愛讀書的人。

我們的視點化為虛構的攝影機，把房間裡有的這些事物，一一攝取起來，花時間仔細地放映出來。我們是眼睛看不見的無名侵入者。我們看東西。側耳傾聽。嗅著味道。但是物理上並不存在那個場所，也不會留下痕跡。換句話說，我們遵守的是，和正統時光旅行者（time traveler）同樣的規則。只觀察，不介入。不過坦白說，從這個房間的樣子所能找出有關淺井惠麗的資料，絕對不豐富。好像她的個人特性已經預先悄悄隱藏到什麼地方，巧妙地逃避觀察的眼光似的，只留下這種印象。

床上的枕頭邊，一個數位電子鐘，無聲而確實地更新著時間。此時此刻，房間裡看得出在動的東西只有這個時鐘。一個小心翼翼電動裝置的夜行生物。綠色液晶數字一面避開人的眼睛，一面悄悄地溜身替換。現在的時刻是午夜的十一時五十九分。

作為我們視點的攝影機，觀察完細部之後暫時退到後方，重新眺望整個房間。然後似乎難以下定決心要做什麼，就暫時保持那樣的寬闊視野。視線在那之間暫且固定在一個地方。暗藏含意的沉默繼續著。但終於，好像想起什麼似的，眼光停在房間角落的電視上，朝著那個方向靠近過去。黑色正四方形的Sony電視。畫面暗暗的，像月球背面般一片死寂。但攝影機似乎在那裡感覺到某種動靜，或徵兆般的東西。畫面轉成特寫。我們在無言中和攝影機共有那動靜或徵兆，注視著那電視畫面。

我們一面等候。一面屏息、側耳傾聽。

時鐘顯示0：00的數字。

嘰哩嘰哩‧‧‧的電子雜音傳進耳朵裡來。配合這聲音電視畫面得到了生命的片鱗，微微開始閃現。有人在不知不覺之間走過來，打開了電視開關嗎？或者預先設定好的嗎？不，兩者都不是。攝影機不疏忽，還繞到機器後面去檢查，顯示電視的電源插頭是拔開的。對，這電視本來應該是死的。僵硬冰冷，應該保持半夜裡的沉默才對的。理論上、原理上。然而卻沒有死。

畫面上出現掃描線，閃閃爍爍，又斷線消失。然後掃描線又再浮上來。嘰哩嘰哩的雜音，在那之間並沒有中斷還一直繼續著。畫面終於開始出現什麼。影像開始成形。可是過一會兒，卻像義大利文的斜體字般歪斜著，像火焰被吹熄般又忽然消失掉。然後同樣的事情又從頭開始反覆一次。影像好像絞盡力氣想站起來似地搖搖擺擺。試著要讓在那裡的什麼東西具象化。但影像卻無法整理就緒。就像接收電訊的天線被強風搧動著似的，影像歪斜著。訊息被切割寸斷，輪廓被摧殘逸散。攝影機把那糾纏過程從頭到尾一一傳給我們。

睡著的女孩，似乎沒有發覺室內的變異。對電視所發出的毫不客氣的光線和聲音，完全沒有顯示任何反應。只是在設定好的完整性中，靜悄悄地繼續睡覺。現在這時候，任何東西都無法打亂她深深的睡眠。電視是這個房間的新侵入者。

當然我們也是侵入者。但是新侵入者和我們不一樣，新侵入者既不安靜，也不透明。更不中立。那毫無疑問正想要介入這個房間。那樣的意圖憑直覺就可以感覺得到。

電視的影像雖然忽現忽隱的，不過逐漸趨於安定。畫面映出某個地方的房間內部。那是相當寬闊的房間。看起來像是辦公大樓的一室似的。也像某間教室。有高大開闊的玻璃窗，和許多排列在天花板上的日光燈。卻看不見家具的影子。不，仔細看時，房間大約中央一帶放有一把椅子。古老的木頭椅子，有靠背，沒有扶手。實用而簡單樸素的椅子。那把椅子上坐著一個人。因為影像還沒有完全安定下來，所以椅子上坐的人影，只滲出模糊的輪廓，勉強可以認出曖昧的外形線條而已。房間裡飄散著一股被長久遺棄的地方所特有的陰森寒冷的氛圍。

正把那影像傳送到這邊來（的樣子）的電視攝影機，小心謹慎地往椅子推近過去。以身體骨架來看，坐在椅子上的應該是男的。那個人身體稍微往前傾。臉向著前面，看起來像在深入思考事情。穿著暗色的衣服、皮鞋。雖然看不見臉，不過好像個子不太高，有點瘦的男人。年齡無法判斷。在我們從不鮮明的畫面片段性地一一收集訊息之間，畫面還是會偶爾像想起來似地一陣凌亂。雜音起起伏伏，忽高忽低。不過這些困擾並沒有拖太久，影像不久又恢復。雜音也收斂了。

畫面一面累積嘗試錯誤的次數，一面確實朝穩定的方向前進著。

在這個房間裡，確實正要發生什麼事情。應該是具有重要意義的什麼事情。

3

am

同樣在剛才那家Denny's店裡。背景音樂播著馬丁・丹尼樂團(Martin Denny)的〈More〉。跟三十分鐘前比起來，客人顯然減少了。也聽不見說話聲音。夜正散發著更深一層的氣氛。

瑪麗面對桌子，依然在讀著那本厚厚的書。她前面放著一盤幾乎沒碰過的蔬菜三明治。與其說肚子餓，不如說為了要在這裡耗時間而點的樣子。偶爾才像想起來般變換一下讀書的姿勢。一會兒在桌上支著肘，一會兒深深靠在椅背上。偶爾抬起臉來深呼吸，有時候也檢視一下店裡客人增減的程度。但是除此之外，她集中精神在讀書上。注意力似乎是她個人的重要資產之一。

單獨前來的客人似乎多了起來。有用筆記型電腦寫東西的人。有用手機在接收傳送簡訊的。有跟她一樣在專心讀書的。也有什麼都不做，只是一直望著窗外，在想事情的。也許是睡不著。也許是不想睡。家庭餐廳（family restaurant）對這些人來說是深夜逗留的地方。

一個大塊頭女人，好像等不及自動玻璃門打開似的，迫不及待地進到店裡來。體格雖然好，但並不胖。肩膀寬闊，看來相當強壯結實。黑色毛線帽戴得深深的。穿著大件皮夾克，橘紅色長褲。空著手。那精悍的模樣很引人注目。一走進店裡，女服務生就走過來問「一位嗎？」她沒理會。以銳利的眼光掃視店內一圈。然後一發現瑪麗的身影，心裡有數，便邁開大步筆直朝那邊走去。

她走到瑪麗的桌子前面，二話不說就在她對面的椅子上坐下來。雖然塊頭大，動作卻機敏而毫不拖泥帶水。

「嘿，可以打擾一下嗎？」那女人說。

正在專心讀書的瑪麗抬起頭來。然後發現對面坐著一個不認識的大塊頭女人，嚇了一跳。

女人脫下毛線帽。頭髮是華麗的金髮，剪得像整理良好的草皮一般短。臉龐寬闊，好像長久被風吹雨淋過的雨具那樣，臉上粗粗的，左右也不太平衡。不過仔細看看，其中卻有某種讓對方安心的地方。那大概是，天生就有讓人容易親近的特質吧。她把嘴唇撇向一邊微笑，代替打招呼，用厚厚的手掌來回搓揉短短的金髮。

女服務生走過來，依照待客手冊規定的那樣把水杯和菜單放在桌上，但女人搖搖頭拒絕了。「不用，我馬上就走所以不需要，對不起噢。」

女服務生不太自在地露出微笑走開。

「妳是淺井瑪麗小姐對嗎？」女人說。

「嗯，是啊。」

「我是聽高橋說的。說妳大概還在這裡。」

「高橋？」

「高橋哲也。個子高高，頭髮長長，瘦瘦的男生，吹伸縮喇叭的。」

瑪麗點點頭。「哦，是他。」

「我聽高橋說，妳會講流利的中文？」

「日常的會話還可以。」瑪麗小心地回答。「不過還不到流利的地步。」

「那麼，不好意思，可以跟我一起來嗎？我那裡來了一個中國女孩子，遇到不太妙的事情。可是她不會說日語。到底發生了什麼事情，我完全搞不清楚。」

瑪麗雖然不太能理解，不過卻把書籤夾進書裡，把書闔起來，推到旁邊。

「不太妙的事情？」

「受了一點傷。就在附近。走一下就到。不會太麻煩妳。只要問她發生了什麼事，大概幫我翻譯一下就行了。感謝妳喲。」

瑪麗稍微猶豫一下，但看看對方的臉，想來應該不是壞人。把書收進肩帶皮包，穿上運動夾克。正要拿起桌上的帳單，那個女人已經搶先伸手抓起來。

「這個我來付。」

「不用啦。是我點的啊。」

「沒關係，小事情。妳就別客氣讓我來。」

站起來才看出，那個女人比瑪麗高大許多。瑪麗本來就個子小，對方卻長得像放農具的倉庫一般強壯。身高可能有一七五公分。瑪麗放棄了，讓她去付賬。

兩個人走出Denny's外面。到了這時刻，外面的馬路上依然還很熱鬧。遊樂中心的電子聲音、卡拉OK店的攬客聲音。機車的排氣聲音。三個一夥的年輕男孩子，沒事幹地坐在已經拉下的鐵捲門前面。瑪麗和那個女的經過時，他們抬起頭來興趣濃厚地緊盯著瞧。大概覺得是很奇怪的組合吧。不過什麼也沒說。只是看著而已。鐵捲門上被噴漆胡亂塗鴉。

「我叫做薰（Kaoru）。人和名字一點也不配，不過反正一生下來人家就叫我薰了。」

「請指教。」瑪麗說。

「不好意思噢。突然把妳叫出來。一定嚇一跳吧。」

因為不知道該說什麼才好，於是瑪麗沒說話。

「我幫妳提包包好嗎？好像滿重的樣子。」薰說。

「沒關係。」

「裡面放什麼？」

「書啦，換洗衣服之類的……。」

「不是離家出走吧？」

「不是。」瑪麗說。

「那就好。」

兩個人繼續走。離開熱鬧大街走進小路，往斜坡上走。薰腳步很快，瑪麗跟在後面。走上沒有人的陰暗階梯，穿出另一條路。階梯似乎成為連接兩條路的捷徑。有幾家小酒吧的招牌還亮著，但完全感覺不到有人的動靜。

「就是那邊的Love ho。」薰說。

「Love ho？」

「Love hotel。情人旅館。也就是帶伴去的賓館。有一個『阿爾發城』的霓虹燈招牌吧？就是那裡。」

瑪麗聽到那名字，不禁看看薰的臉。「阿爾發城？」

「沒問題。不是什麼怪地方。我是那家旅館的經理。」

「那裡有受傷的人嗎？」

薰一面走一面回過頭來。「是啊。出了一點麻煩事。」

「高橋先生也在那裡嗎？」

「沒有，他不在這裡。他在附近大樓的地下室，樂團要練習到早上為止。學生真輕鬆啊。」

兩人走進「阿爾發城」旅館門口。旅館設計成讓客人可以在玄關的壁板上看到各個房間內部的照片，選好自己喜歡的，按下號碼按鈕，就可以拿到鑰匙。客人可以直接搭電梯到房間去。不需要跟任何人打照面，也不需要開口。收費分為休息和住宿兩種。燈光昏暗。瑪麗一副很稀奇的樣子東張西望的。薰輕聲跟後方櫃檯的女孩打招呼。

「妳可能沒有來過這種地方吧？」薰對瑪麗說。

「第一次。」

「噢，世界上有很多種行業。」

薰和瑪麗搭乘客用電梯到樓上。通過短短的狹小走廊，來到門上有404號碼的門口站住。薰輕輕敲了兩聲之後，門立刻就從內側打開。頭髮染成鮮紅色的年輕女孩不安地探出頭來。瘦瘦的，臉色很差。穿著粉紅色大號T恤衫、有開了洞的牛仔褲。耳朵戴著大耳環。

「啊太好了，薰姊。妳去滿久的。我們正在等妳。」紅頭髮的女孩說。

「怎麼樣？」薰問。

「還是一樣，沒變。」

「血止住了嗎？」

「噢，總算。用了亂多紙巾就是了。」

薰讓瑪麗進到房間裡。然後把門關上。房間裡除了紅頭髮的女孩之外，還有一位女服務生。小個子，黑頭髮挽起來，正用拖把拖著地板。薰把兩位服務生介紹給瑪麗。

「這是瑪麗小姐。剛才跟妳們提過，會說中文的。這個紅頭髮的孩子叫小麥。怪怪的名字，不過就是本名。在我們這裡做很久了。」

小麥很可愛地微微笑。「請指教。」

「請指教。」瑪麗說。

「那邊的女孩叫蟋蟀。」薰說。「不過這就不是本名了。」

「對不起。本名丟掉了哩。」蟋蟀用關西腔說。她看起來要比小麥長幾歲。

「請指教。」瑪麗說。

房間沒有窗戶。因此空氣有點悶。跟房間的大小比起來，床和電視的尺寸顯得特別大。房間角落，一個赤裸的女人縮著身體蹲在地上，用浴巾裹著身體，雙手捂著臉，沒出聲地哭泣著。地上有染著血跡的毛巾。床上的床單也沾到血跡。地上的立燈弄翻了。桌上有開了卻還留下一大半的啤酒瓶。一個玻璃杯。電視開著。正播著搞笑節目。觀眾一陣嘩笑。薰拿起遙控器把電視關掉。

「好像被打得很嚴重的樣子。」薰對瑪麗說。

「被那個男人嗎？」瑪麗問。

「是啊，被客人。」

「客人，難道是賣春嗎？」

「對，這個時間買春的很多。」薰說。「所以偶爾會有麻煩。為了付錢的事爭吵，或有人想做帶有變態的那種。」

瑪麗咬咬嘴唇，整理著思路。

「那麼，那個人，只會說中文嗎？」

「日語只會少數幾個單字而已。可是又不能叫警察。她們多半是非法居留的吧，我們可沒那閒工夫一一到警察局去報案，讓他們盤問留筆錄。」

瑪麗把肩帶背包放下來擱在桌上，走到蹲著的女人那裡。彎下身，用中文跟她說話。

「妳怎麼了？」

女人不知道有沒有聽到，並沒有回答。肩膀顫抖著，抽抽答答地哭泣著。

薰搖搖頭。「驚嚇過度了。因為好像被整得很慘痛的樣子。」

瑪麗對那女人說話，「妳是中國人嗎？」

女人依舊沒有回答。

「放心吧，我跟警察沒關係。」

女人依然沒有回答。

「妳被他打了嗎？」瑪麗問。

女人終於點頭了。黑黑的長髮晃動著。

瑪麗很有耐心地，以平穩安定的聲音對那女的說話。同樣的問題重複問好幾次。薰交叉著雙臂，擔心地望著兩個人的對答。在那之間，小麥和蟋蟀則合力分別開始整理房間。把沾了血的紙巾收集起來丟進塑膠垃圾袋。弄髒的床單從床上扯下來，浴室的毛巾換過新的。立燈放回原來的位置，啤酒瓶和玻璃杯拿走。檢查一下備用的東西是否補齊了，打掃浴室。可能是經常搭成一組一起工作的，兩個人手法非常熟練俐落，沒有多餘的動作。

瑪麗在房間角落裡彎身蹲下來，跟女人說話。因為話可以通，女人多少恢復了鎮定似的。雖然斷斷續續，但開始用中文向瑪麗說明事情的經過。因為聲音非常小，所以如果不把耳朵靠近就聽不見。瑪麗一面點頭，一面專心聽她說。偶爾像在鼓勵她似的說一點什麼。

薰從背後輕輕拍瑪麗的肩膀說：「不好意思，這個房間必須讓新的客人用。所以我要把這女孩，帶到下面的辦公室去。妳可以一起來嗎？」

「可是她，完全赤裸的。她說身上的衣服都被那個男人帶走了。連鞋子內衣，全部。」

薰搖搖頭。「想讓她沒辦法立刻報警，就把她全身剝個精光。真是惡質的傢伙。」

薰從衣櫥裡拿出薄薄的浴袍，交給瑪麗。「暫時讓她穿上這個吧。」

女人無力地站了起來，半處於發呆狀態放開浴巾，就那樣變成全裸了，一面跌跌撞撞地一面把浴袍穿上。瑪麗連忙把眼光避開。個子雖小，卻很美的身體。形狀美好的乳房、光滑的肌膚、影子般淡淡的陰毛。年紀大約和瑪麗差不多。身體還有少女的模樣。因為腳步不太穩，因此薰抱著那個女人的肩膀走出房間。然後從工作人員用的小電梯下樓。拿著包包的瑪麗跟在她們後面。小麥和蟋蟀則留在房間裡繼續打掃。

三個女人走進旅館的辦公室。房間沿著牆壁堆積著紙箱。一張金屬辦公桌，一組簡單的待客沙發。辦公桌上有電腦鍵盤和液晶螢幕。牆上掛著月曆、相田Mitsuo的書法匾額，和一個電子鐘。一臺手提式電視，小型冰箱上放著微波爐。三個人進去以後房間就顯得相當狹小。薰讓穿著浴袍的中國應召女坐在沙發。她好像很冷的樣子把浴袍前襟緊緊地拉攏起來。

薰就著檯燈的燈光，重新檢查應召女臉上的傷。把藥箱拿過來，用藥用酒精和方塊棉幫她把黏在臉上的血跡仔細擦掉。傷口貼上ＯＫ絆。用手指摸摸，看看她的鼻樑有沒有歪掉。翻開眼瞼，查看一下眼睛的充血程度。用手摸摸看頭上有沒有腫。好像平常已經做慣了這種事情似的，手法俐落得驚人。她從冰箱拿出冰袋般的東西，用小毛巾把那捲起來交給女人。

「嘿，用這個暫時捂一下眼睛下面。」

說完才想起對方不通日語，薰示範動作要她把那捂在眼睛下面。女人點點頭照著做。

薰轉向瑪麗說：「流了好多血，不過大多是鼻血。幸虧，沒有大傷。頭好像沒有腫，鼻樑骨也沒有折斷的樣子。雖然眼尾和嘴唇破了，不過也不到需要縫的地步。只是接下來的一星期左右，被打的痕跡會在眼睛周圍留下黑眼圈，可能會影響接客吧。」

瑪麗點點頭。

「看起來雖然很用力的樣子，不過打的方法完全外行。」薰說。「這樣胡亂打法，打的人手應該也相當痛噢。加上力氣過剩，連房間的牆壁也打。有幾個地方還凹進去呢。大概忽然火爆起來。頭腦完全不會思前想後了。」

小麥走進房間，從堆在牆邊的紙箱中拿出什麼東西。原來是要補充404號房的新浴袍。

「她說皮包、錢和行動電話，全都被那個男人拿走了。」瑪麗說。

「那，等於做完就逃走囉？」小麥從旁插嘴道。

「不是，也就是，怎麼說呢……，在開始以前忽然生理期來了。比預定早來。所以那個男的就生起氣來……」

「那也沒辦法啊，這種事情。」小麥說。「那個，要開始的時候，突然說來就來的。」

薰咋舌道。「好啦，妳少廢話，趕快去把４０４號房整理好吧。」

「是。對不起。」小麥說著，走出辦公室。

「正想開始做的時候，女的生理期卻來了，於是火爆起來，就把人家劈哩啪啦亂打一頓，還把人家的錢和衣服剝光，人就消失了。」薰說。「這傢伙有問題喲。」

瑪麗點點頭。「她說把床單弄髒了不好意思。」

「那倒沒關係。這種事情我們很習慣。不知道為什麼，在賓館裡生理期突然來的女孩很多。常常有人打電話來。說衛生棉借一下、衛生棉條借一下好嗎的。真想說我們可不是松清連鎖藥妝店。不過總之，必須讓這女孩穿上點什麼，這個樣子的話什麼事也不能做。」

薰在紙箱裡找，拿出裝在塑膠包裡的內褲，是那種可以放在房間自動販賣機裡的實用性東西。「湊合用的便宜貨，雖然不耐洗，不過可以暫時拿來用。不穿內褲的話，冷颼颼的不安穩吧。」

然後薰又在衣櫥裡到處找，找到褪色的綠色上下一套運動服，交給應召女。

「以前在我們這裡工作的女孩留下來的。洗過的所以還乾淨。這不用還也可以。鞋子只有塑膠涼鞋而已，不過總比打赤腳好吧。」

瑪麗向那個女的說明。薰又打開櫥子，拿出幾片衛生棉。把那交給應召女。

「這個也拿去用。到那邊的洗手間去換衣服吧。」說著，用下巴指示洗手間的門。

應召女點點頭，用日語說「謝謝。」然後抱著薰遞給她的衣服，走進洗手間。

薰在桌子前的椅子上坐下來，慢慢搖搖頭，長長地嘆一口氣。「做這種生意，真是，會碰到各種事情噢。」

「她說到日本，才兩個月多一點。」瑪麗說。

「反正是非法居留，是吧？」

「這點倒沒問她，聽口音，好像是北方人。」

「以前的滿洲嗎？」

「大概是。」

「哦。」薰說。「那麼，總該有誰會到這裡來接她吧？」

「好像有負責這工作的人。」

「那是中國人的組織。有總管這一帶賣春的老大。」薰說。「從中國本土用船偷渡女孩子過來，那偷渡費就用身體來付。用電話接洽，用機車送女孩到旅館。就像點外送披薩一樣，熱烘烘地送來。他們是我們的顧客。」

「妳說組織，是像流氓一樣的嗎？」

薰搖搖頭。「不不，我以前做過女子職業摔角，到各地舉行過巡迴賽，也認識幾個流氓。不過，跟中國黑社會組織的傢伙比起來，日本的流氓還算可愛。總之那些人會做出什麼，你無法預測。不過對這孩子來說，除了他們那裡之外，也沒地方可以回去呀。到現在已經沒有選擇餘地了。」

「今天該收的錢收不到，這麼一來一定又會被那些人修理得很慘吧？」

「誰知道啊。不管怎麼樣，這張臉暫時也沒辦法接客吧，不能賺錢的話，就沒有任何價值了。這孩子還長得滿漂亮的噢。」

應召女從洗手間出來。穿著褪色的運動套裝，塑膠涼鞋。上衣胸前有Adidas商標。臉上清楚地留下青紫的痕跡，頭髮比剛才整理得整齊一些。雖然穿的是舊運動服，嘴唇也腫了起來，臉上又有青紫的傷痕，不過還是個美麗女人。

薰用日語問應召女：「妳，想用電話吧？」

瑪麗把那翻譯成中文。「要打電話嗎？」

應召女用日語單字回答。「是，謝謝。」

薰把白色無線電話機遞給應召女。應召女按了號碼，對接電話的對方，用中文小聲報告。對方快速地怒罵著什麼，她簡短地回答。然後掛上電話。滿臉憂愁地把電話機還給薰。

應召女用日語向薰道謝。然後轉向瑪麗說：「馬上有人會來接我。」

瑪麗向薰說明。「接她的人好像馬上就會來。」

薰皺起眉頭。「對了，旅館的錢還沒付呢。平常應該是男的付的，不過沒付就走掉了。連啤酒錢也賴掉。」

「要讓來接她的人付嗎？」瑪麗問。

「嗯——」說著，薰落入沉思。「如果能這麼順利就好了。」

薰把茶葉放進茶壺裡，從熱水瓶加進開水。把茶注入三個茶杯，一杯給中國應召女。應召女道過謝接過去，喝起來。因為嘴唇破了，喝熱茶很困難的樣子。喝了一口就皺起眉頭。

薰一面喝茶，一面對應召女用日語開口說：

「妳也真辛苦啊。千里迢迢的偷渡到日本來，結果還被那些傢伙這樣繼續壓榨。我雖然不知道妳在故鄉過的是什麼樣的日子，不過這種地方不來也罷吧？」

「這要翻譯嗎？」瑪麗問。

薰搖搖頭。「不必翻了。只不過是無聊的自言自語而已。」

瑪麗對應召女開口說：「妳幾歲了？」

「十九。」

「我也是。妳叫什麼名字？」

應召女稍微猶豫一下才回答：「郭冬莉。」

「我叫瑪麗。」

瑪麗對女孩子稍微微笑一下。那雖然微小，但卻是過了午夜之後瑪麗第一次露出的笑臉。

「阿爾發城」旅館門口，停下一輛機車。本田的精悍重型機車。男人戴著全罩式安全帽。為了萬一有事可以立刻離去，引擎並沒有熄火。身上穿著貼身的黑色皮夾克藍色牛仔褲。高筒籃球鞋。厚厚的手套。男人脫下安全帽，放在油箱上。小心翼翼地張望過四周之後，才脫下一邊手套，從口袋裡拿出手機。然後按號碼。三十歲左右的男人。咖啡色頭髮，綁著馬尾。寬額頭，臉頰削瘦，眼光銳利。交談了簡單的幾句話。男的切斷電話，放進口袋裡。戴上手套，就以那樣的姿勢等著。

薰、女人和瑪麗三個人終於從玄關出來。應召女一面讓塑膠涼鞋發出啪嗒啪嗒的聲音，一面以疲倦的腳步走向機車那邊。氣溫比剛才下降了，只穿著運動套裝的她顯得很冷的樣子。騎機車的男人對應召女尖聲說了什麼，女的小聲回答。

薰對騎機車的男人說：「嘿，大哥，我們還沒收到旅館費呢。」

男人緊緊盯著薰的臉。然後說：「旅館費，我們不付。該男方付。」男人的聲音缺少高低變化。平板、沒有表情。

「這個我知道。」薰以沙啞的聲音說。乾咳了一下。「不過啊，我們彼此都在這狹小的地方經常碰面做著生意不是嗎？這次這件事情，我們這邊也添了麻煩哪。總是算一件暴力傷害事件，所以本來也可以打電話報警的，不過那樣一來，你們也傷腦筋吧？所以呀，只要你們付了6800圓房間費的話，我們這樣就算了。啤酒錢算我們請客好了，痛苦兩邊分攤。」

男人以缺乏表情的眼睛一直注視薰的臉。抬起頭看看旅館的霓虹招牌。「阿爾發城」。然後再一次脫下手套，從夾克口袋拿出皮夾子，數了七張千圓鈔票，放手掉落腳下。因為沒有風，所以鈔票筆直地落在地上，停留在那裡。男人再度戴上手套。抬起手腕來看看手錶。每一個動作都一一慢到不自然的程度。男人絕對不著急。他好像要讓三個在場的女人瞧瞧自己存在的重量似的。不管做什麼，他都能愛花多少時間就花多少時間。在那之間機車的引擎，則像性急的野獸般啵啵啵啵地繼續發出深沉的聲音。

「妳，很有膽子啊。」男人對薰說。

「謝謝。」薰說。

「如果打電話給警察的話，這一帶就可能發生火災喲。」男人說。

深深的沉默持續一陣子。薰沒有避開視線，交叉著雙臂，看著對方的臉。臉上有傷痕的應召女，無法理解這一來一往的意思，不安地輪流看著兩個人的臉。

男人終於拿起安全帽，從頭上罩下來，招招手，讓女人坐上機車後面。女人雙手捉住他的夾克。她回過頭，看看瑪麗的臉，看看薰的臉。然後又看看瑪麗的臉。想要說什麼，結果什麼也沒說。男人用力一踩排檔，催動油門，離去了。排氣聲沉重地響徹深夜的街頭。留下薰和瑪麗兩個人。薰彎身蹲下，一張一張地收集起掉落地上的千圓鈔票。把鈔票調成整齊一致的方向，對折後塞進口袋裡。深深吸進一口氣，用手掌頻頻搓揉短短的金髮。

「唉，真是的。」她說。

4

am

淺井惠麗的房間。

房間裡的樣子沒有改變。只是，坐在椅子上的男人身影比剛才放大了。我們可以相當清楚地看見那個人的身影。電波還受到一些干擾，畫面的影像偶爾會搖搖晃晃，輪廓歪斜、質量變淡。刺耳的雜音也提高了音量。還會有毫無脈絡的其他影像瞬間插入。不過混亂立刻被修復，畫面影像又再復原回來。

淺井惠麗依然躺在床上，靜悄悄地繼續深深睡著。電視畫面所發出的人工化色調光線，在她的側面形成移動的陰影，不過那並沒有干擾她的睡眠。

畫面中的男人，穿著深茶色的正式西裝。本來可能是氣派、體面的好西裝，可是現在看起來卻已經老舊疲憊了。袖子和背上好些地方附著白色灰塵般的東西。雖然穿著圓頭黑皮鞋，但鞋子上也同樣沾有灰塵。不知道他是不是穿過某個積有厚厚灰塵的地方，來到這個房間的？尋常的白襯衫上，打著一條素面的黑色羊毛領帶。襯衫和領帶都同樣浮現疲憊的色調。頭髮夾雜有白髮。不，不是白髮，可能只是黑髮上沾到白色灰塵也不一定。不管怎麼說，男人的頭髮，看起來好像很久沒有好好梳過的樣子。雖然如此，男人的穿著，不可思議地並沒有給人邋遢的印象。也沒有寒酸的氣氛。只因為某種不得已的緣故，才弄得一身西裝都蒙上灰塵，顯得深深疲憊而已。

沒辦法看到臉。現在電視的攝影機所照出來的，只有男人的背影，或臉以外身體的其他部分而已。可能因為光線角度不同的關係，或者是故意的也不一定，臉的部分經常都在陰影下，總在我們的眼睛所無法看到的地方。

男人沒有動。偶爾大聲舒一口長長的氣，兩邊肩膀也配合這氣息和緩地上下動一下而已。看起來倒像長時間被監禁在一個房間裡的人質。男人周圍散發著某種因為被拖延而放棄了似的感覺。可是他並沒有被綑綁束縛住，只是坐在椅子上，伸直著背脊，一面安靜地呼吸，一面一直注視著前方的一點而已。是自己決定不動，或者由於某種原因現實上處於無法動的狀態，這點倒看不出來。雙手整齊地放在膝蓋上。時刻不明。也不知道是夜晚或白天。不過因為天花板上成排的日光燈照明的關係，房間裡亮晃晃的像夏天的午後一般。

鏡頭終於轉到前面，從正面映出男人的臉。雖然如此還是看不清楚男人的來歷。謎團反而更加深了一層。因為他整個臉，正被半透明的面罩所包住。面罩像一層軟膠膜般緊緊貼附在他臉上，所以究竟能不能稱為面罩都令人懷疑。不過那不管多薄，都已經足以達到作為一個面具的目的了。那面罩一面把光線淡淡的光澤反射出去，一面把他的容貌和表情，毫不疏失地隱匿在背後。我們勉強可以猜測的，只有臉的大致輪廓。面罩上，連嘴巴鼻子和眼睛的洞都沒有開。不過雖然這樣，好像呼吸、看東西、聽聲音，都沒有不方便的樣子。可能透氣性和穿透性都很優越吧。可是那匿名性的外衣到底是用什麼材料，以什麼樣的技術做成的，光從外表卻看不出來。那面罩具備了咒術性和功能性。既是從古代和黑暗一起傳下來的東西，也是從未來和光明一起送進來的東西。

面罩真正可怕的地方，在於雖然和臉那樣緊緊密貼著，可是在那後面的人，到底在想什麼、感覺到什麼、有什麼企圖（或者沒有），卻完全想像不到。男人的存在是善的東西？還是惡的東西？他所擁有的思想是正的？還是歪的？那層面具是為了隱藏他？還是為了保護他？都沒有可以判斷的依據。男人臉上被罩上一層精緻的匿名面具，安靜地坐在椅子上，被電視攝影機拍下來，在那裡製造出一種狀況。我們暫且保留判斷，看來除了原樣接受那個狀況沒有其他辦法。我們決定稱呼他為「沒有臉的男人」。

攝影機的角度現在固定在一個地方。攝影機從正面、稍微下方的角度，一直不動地盯著「沒有臉的男人」的身影。穿著茶色西裝的男人身體動也不動一下，從電視的映像管，透過玻璃看著這一邊。換句話說他是採取從那一邊，筆直注視著我們所在的房間裡的樣子。當然，他的眼睛是藏在有光澤的神祕面具後面的。儘管如此，那視線的存在，那重量感，還是可以活生生地感覺到。他擁有不可動搖的意志，注視著前方的某個東西。從臉的角度看來，似乎正在注視著淺井惠麗的床一帶的樣子。我們小心謹慎地試著沿那假設性的視線尋找。對了，沒錯。戴著面具的男人以無形的眼睛所注視著的，果然是這邊床上正在繼續睡覺的惠麗的身影。不如說，他從一開始就集中精神持續注視著她的身影。這個事實我們現在終於可以理解了。他是能夠看穿這一邊的。電視畫面的功用，正是朝向這一邊的房間所打開的窗戶。

畫面的影像有時候會閃動，又再恢復。電子雜音也有時候會忽然提高。那雜音，聽起來彷彿是誰的腦波變化，成為一種信號增幅擴大似的。密度會突然增加，但到達某個地步時又會打住，開始退後，終於消滅。然後又像改變主意似地又再浮上來。這樣反覆著。但是「沒有臉的男人」的視線則沒有動搖。他的集中注意力也沒有亂掉。

在床上繼續睡覺的美麗女孩。直溜溜的黑髮，化為意義深長的扇子在枕頭上披散開來。柔軟緊閉的雙唇。沉在海底的心。每當電視畫面閃動一下時，照在她側臉的光便搖晃著，陰影化為不可解的記號跳躍著。坐在簡單樸素的木製椅子上，始終無言地注視著她的「沒有臉的男人」。他的雙肩，偶爾配合著呼吸靜悄悄地一上一下。就像被清晨平穩的波浪搖擺著的無人小船那樣。

房間裡除此之外沒有動靜。

5

am

瑪麗和薰走在沒有人影的後街。薰正在送瑪麗到什麼地方去。瑪麗將深藍色的波士頓紅襪隊棒球帽戴得很低。戴上那帽子後看起來就像男孩子一樣。她到哪裡都戴著那帽子大概也是為了這個。

「幸虧有妳在。」薰說。「因為真不知道到底發生了什麼事。」

兩個人正走下同來時一樣的那條捷徑階梯。

「嘿，如果有時間的話，要不要順便繞到一個地方去一下？」薰開口道。

「什麼地方？」

「我口渴了。好想喝一口冰啤酒。妳呢？」

「我不會喝酒。」瑪麗說。

「妳可以喝果汁或什麼。反正天亮以前妳也要在什麼地方打發時間吧?」

兩個人坐在小酒吧的吧檯。店裡沒有其他客人。正播著班・韋伯斯特（Ben Webster）的老唱片。My Ideal。一九五〇年代演奏的。架子上排列的不是ＣＤ，而是四十張到五十張左右從前的ＬＰ唱片。薰喝著細長玻璃杯裡的生啤酒。瑪麗前面放著擠了萊姆汁的沛綠雅礦泉水。中年酒保在吧檯裡默默地削著冰塊。

「不過還真是個漂亮女孩啊。」瑪麗說。

「妳說那個中國人?」

「是啊。」

「噢。可是做那種事情的話，就不可能一直漂亮下去了。很快就會變得憔悴衰老。真的噢。這種事情，我看多了。」

「她跟我一樣，十九歲呢。」

「可是啊，」薰說著，一面咬起配啤酒的花生，「這跟幾歲沒關係。因為工作太辛苦，以一般人的神經的話實在沒辦法做下去，然後就開始打針之類的啦，那就完了。」

瑪麗沉默著。

「妳，是大學生？」

「是的。在外國語大學讀中文。」

「外國語大學嗎……」薰說。「畢業以後會做什麼樣的工作？」

「如果可以的話，我想做像翻譯或口譯之類的工作。因為我好像不適合到公司上班的樣子。」

「頭腦真好啊。」

「才不好呢。只是我小時候一直被爸媽說，妳長得不漂亮，所以如果不好好用功讀書的話，將來就沒指望了。」

薰瞇細了眼睛，看看瑪麗的臉。「可是，妳已經夠可愛的了。不是客套話噢，說真的。要說不好看的話，是指像我這樣的人。」

瑪麗做了一個像輕微聳肩似的，有點窘的動作。「我姊姊長得特別漂亮，很引人注目，所以從小到大我們就常常被人家拿來比較。說同樣是姊妹可是長得很不一樣。確實被一比較，就沒辦法了。我長得個子小，胸部也小，頭髮捲得亂亂的，嘴巴太大，又是個近視加散光。」

薰笑了起來。「人家一般都把這個稱為有個性呢。」

「可是，我可沒辦法好好那麼想。如果從小就一直被人家說長得不好的話。」
「所以妳就乖乖的努力讀書了？」
「可以這麼說。不過我不喜歡跟人家比成績。運動也不拿手，也沒交上什麼朋友，還發生過類似被同學欺負的事，所以小學三年級的時候我就開始沒辦法去上學了。」
「拒絕上學？」
「好討厭到學校去，一到早上吃的東西就吐出來，或嚴重拉肚子。」
「哦。我雖然成績糟糕得不得了，不過並不太討厭去學校。如果有看不順眼的傢伙的話，不管對方是誰我就跟他們打起架來。」
瑪麗微笑起來。「我如果能那樣的話就好了……」
「算了，沒關係。反正那也不是什麼特別值得向世間炫耀的事情。……那麼，後來怎麼樣呢？」
「橫濱有一所給中國人的孩子讀的學校，鄰居有個小女孩，是我幼小時候的好朋友，她就在那裡上學。上課一半用中文，不過和日本的學校不同，成績不必太拚命就過得去，又有那個朋友在，如果那裡的話我就覺得還可以去。父母當然反對，可是也沒有其他辦法能讓我去上學，所以就……」

「妳也真固執。」

「也許吧。」瑪麗承認。

「那個中國人的學校，也讓日本人入學嗎？」

「是啊，沒有什麼資格限制。」

「可是，那時候不會說中文吧？」

「是啊，完全不會。不過因為還小，又有朋友幫忙，一下就學會了。總之，是很悠哉的學校。從初中到高中，我一直在那個學校讀。不過就父母親來看，他們好像覺得不太滿意的樣子。他們本來似乎希望我進有名的升學學校，將來可以順利從事律師或醫師之類的專家職業。就像角色分配似的……扮演白雪公主的姊姊，和扮演秀才的妹妹。」

「妳姊姊那麼漂亮嗎？」

瑪麗點點頭，喝一口沛綠雅。「她從初中開始就當上雜誌的模特兒了。適合十幾歲少女看的，像千金小姐雜誌那種。」

「哦。」薰說。「有那樣華麗氣派的姊姊在上頭，確實可能心理負擔很重吧。不過那個歸那個，像妳這樣的女孩子，為什麼半夜裡還在這一帶獨自一個人晃蕩呢？」

「像我這樣？」

「該怎麼說呢，看起來很正派的孩子啊。」

「不想回家。」

「跟家人吵架了？」

瑪麗搖搖頭。「不是這樣。只是想一個人到某個不是家的地方去。待到天亮。」

「這種事情，妳以前也做過嗎？」

瑪麗默不作聲。

薰說：「也許我多管閒事，不過老實說，這街上並不是什麼適合規矩女孩子一個人單獨待到天亮的地方噢。危險的傢伙到處晃蕩。連這樣的我，都碰到過好幾次危險狀況。最後一班電車開走以後，到早晨第一班電車開來以前，這裡會變成和白天有點不一樣的地方噢。」

瑪麗拿起放在吧檯上的波士頓紅襪隊棒球帽，撫弄一會兒帽舌的部分。腦袋裡在想著什麼。不過結果，又把那想法趕走了。

瑪麗以沉穩，但明確的強硬口氣說：「對不起。談談別的話題可以嗎？」

薰拿起幾粒花生，一起塞進嘴裡。「當然。好啊。談談別的什麼吧。」

瑪麗從運動夾克的口袋拿出有濾嘴的駱駝牌香煙，用Bic簡易打火機點火。

「咦，妳抽煙哪。」薰好像有點意外地說。

「有時候。」

「不過老實說，不怎麼適合妳。」

瑪麗臉紅起來，不過還是有點窘地微笑一下。

「可以給我一根嗎？」薰說。

「請。」

薰叼起駱駝煙，拿起瑪麗的打火機來點火。確實薰抽煙的手勢像樣多了。

「有男朋友嗎？」

瑪麗簡短地搖一下頭。「現在，對男孩子不太有興趣。」

「女孩子比較好嗎？」

「也不是這樣。我搞不太清楚。」

薰一面聽音樂一面抽煙。身體放鬆之後，臉上稍微露出些許疲倦的神色。

「我從剛才就想問了。」瑪麗說。「為什麼旅館的名字叫做『阿爾發城』呢？」

「嗯，為什麼噢？大概是我們老闆取的吧。賓館的名字，全都是亂取的。反正是男人和女人來做那個的地方，所以呀，只要有床和浴室就ＯＫ了，什麼名字誰也不在乎。只要取一個像那樣氣氛的就行了。妳為什麼會問這種問題呢？」

「因為《阿爾發城》（Alphaville），是我最喜歡的電影之一。尚—盧・高達(Jean-Luc Godard)導演的。」

「這個，倒沒聽過。」

「很久以前的法國電影。一九六〇年代的。」

「那，可能就是從那裡來的吧。下次碰到老闆我會問問看。那麼，那是什麼意思呢？所謂的阿爾發城？」

「是一個虛構的未來城市的名字。」瑪麗說。「在銀河系某個地方的都市。」

「那麼應該是，科幻電影嗎？像《星際大戰》那樣的？」

「不，不是那樣的。沒有特技攝影或武打之類的……，我不太會說明，不過是一種觀念性的電影。黑白片，台詞很多，在藝術電影院上映的那種。」

「什麼叫做觀念性的？」

「比方說，在阿爾發城流眼淚哭的人會被逮捕起來，公開處刑。」

「為什麼？」

「因為在阿爾發城，人不容許擁有很深的感情這種東西。所以在那裡沒有所謂情愛之類的東西。也沒有矛盾和反諷（irony）。任何事情都用數學算式處理。」

薰皺起眉頭說：「什麼叫做反諷？」

「人對自己，或對屬於自己的東西，都以客觀角度看待，或從相反的方向來看，而從其中看出可笑的地方。」

薰對瑪麗的說明稍微想了一想。「妳這樣說我還是不太明白，不過，在那阿爾發城有性的存在嗎？」

「有性。」

「不需要情愛和反諷的性。」

「對。」

薰覺得有趣地笑了。「那麼這樣想起來，當做賓館的名字或許還滿貼切的嘛。」

一個穿著不錯的小個子中年男客走進來，坐在吧檯的一端，點了雞尾酒，小聲跟酒保談話。看來是常客的樣子。坐在經常坐的位子，喝經常喝的飲料。把深夜的都會當住處的，身分不明的一群人之一。

「薰姊做過職業摔角嗎？」瑪麗問道。

「是啊，做滿久的。我骨架子大，打架也很行，所以高中就被發掘，立刻出道，然後就一路當壞角色噢。染成滿頭惹眼的金髮，眉毛也剃掉，肩膀甚至還刺上紅色蠍子。還不時上電視噢。也到過香港和台灣比賽。本地的後援會人數雖然不多，也跟著去。妳，一定不會看什麼女子摔角吧？」

「還沒有看過。」

「噢那個啊，是很辛苦的行業，結果背都搞壞了，二十九歲那年退下來。我是不會偷懶的那種，每一場都出賽，太亂搞了，所以當然身體遲早會搞壞的。雖然說長得強壯，但凡事總有個限度。我啊，就是個性沒辦法保留一點。可以說服務精神旺盛吧，觀眾哇——啊——的熱情沸騰起來時，妳就會更來勁，終於過份地豁出去了。所以現在，雨要是下個不停的話，背就會痠哪痠的疼痛。這樣一來，我就什麼也不能做，只能一直躺在床上。真是丟臉啊。」

薰咖啦咖啦地發出很大聲音轉動脖子。

「人紅的時候會賺錢，周圍的人也就對妳百般奉承，可是等妳一退下來，就啥也沒留下來。空空如也。在山形縣的鄉下幫父母親蓋了房子盡了孝道算是還好，可是剩下來的錢幫弟弟還賭債啦、被不太熟的親戚拿去用啦、銀行的人來遊說做一些可疑的投資啦，結果血本無歸……。這樣一來，也沒有人再靠近妳了。當時我的心情跌到了谷底，不知道自己這十幾年來到底在幹什麼。眼看著就要三十歲了，全身到處不對勁，儲蓄是零。那麼接下來要幹什麼呢？這樣認真想的時候，靠後援會的關係，現在的老闆開口問我要不要做賓館的經理。說是經理，妳也看到的，等於像半個保鑣似的。」

薰把剩下的生啤酒喝乾。然後看看手錶。

「工作那邊沒關係嗎？」瑪麗問。

「賓館這種地方啊，這個時間是最閒的。因為電車已經不跑了，所以現在裡面的客人幾乎都會住下來，到早晨為止沒有什麼動靜。雖然正式說起來我現在正在上班，不過喝個一杯啤酒還不至於被罰的。」

「工作到早上，然後回家嗎？」

「我在代代木租了一間公寓，不過回去也沒有什麼，並沒有人在等我，多半就在賓館的休息室睡覺，起來以後就直接開始工作。妳等一下要怎麼辦呢？」

「找個地方讀書消磨時間。」

「嗯，妳如果不嫌棄，可以就這樣到我們那邊去呀，今天沒客滿，我可以讓妳在空房間待到天亮。雖然一個人在賓館房間裡，是會覺得相當孤單，不過可以睡覺啊。床倒是挺結實的。」

瑪麗輕輕點頭。但她的心裡倒是很清楚。「謝謝。不過我想我自己一個人總有辦法過的。」

「那也沒關係。」薰說。

「高橋先生在這附近練習嗎？樂團的練習。」
「噢，高橋啊，就在那邊大樓的地下室吹吹打打的要練到早晨為止噢。妳要去瞧瞧嗎？很吵就是了。」
「不用，我不是這個意思。只是想問一下而已。」
「嗯，不過那傢伙，人倒是挺好的。有他可取的地方。雖然表面上看起來有點笨，內在倒是令人意外，滿實在的。沒有那麼糟糕。」
「薰姊跟他是什麼樣的朋友呢？」
薰閉起嘴唇撇一下嘴角。「關於這個倒有一段有趣的故事，不過，妳最好直接問他看看好了。比從我嘴裡囉唆要好。」
薰付了酒吧的帳。
「妳，一整晚不回家，不會挨罵嗎？」
「我說要到朋友家過夜。我父母親不太在乎我的事情。不管我做什麼。」
「因為妳是個很認真的孩子，他們大概想不管妳也沒問題吧。」
瑪麗對這個回應沒說什麼。
「不過，其實有時候也未必這樣噢。」
瑪麗稍微皺一下眉頭。「妳為什麼會這樣想？」

「這不是想不想的問題。十九歲說起來本來就是這麼回事。我也曾經有過十九歲，所以這種事情還能了解。」

瑪麗看看薰的臉。想要說什麼，卻找不到恰當的說法，所以就作罷了。

「這附近有Skylark。我送妳到那裡。」薰說。「那裡的店長是我的好朋友，所以我可以拜託他們照顧妳。他們會讓妳好好待到天亮。這樣好嗎？」

瑪麗點點頭。唱片播完了，自動唱針升起來，唱臂回到唱臂停放柱。酒保走到唱機旁邊去，換唱片。以緩慢的動作拿起唱片，收進唱片套。拿出新唱片，在燈光下檢查盤面，放在唱片轉盤上。按下按鈕，唱針降落盤面。有一點輕微刮傷的雜音。然後傳來艾靈頓公爵的〈Sophisticated Lady〉。Harry Carney 懶洋洋的低音單簧管獨奏。酒保從容不迫的動作，給了這家店獨特的時間流動感。

瑪麗問酒保。「你只播ＬＰ唱片嗎？」

「不喜歡ＣＤ。」酒保回答。

「為什麼？」

「因為太閃閃發亮了。」

「你是烏鴉嗎？」薰插進來問。

「不過ＬＰ換唱片的時候一張一張的，不是很費工夫嗎？」瑪麗說。

酒保笑了。「反正，在這半夜裡，到早上都沒有電車。急也沒有用啊。」

「這位老兄啊，各方面大多都很偏執。」薰說。

「半夜裡有半夜裡時間的流動方式。」酒保說。發出聲音擦亮紙火柴，點起香煙。「去對抗它也沒有用啊。」

「以前我叔叔也有很多唱片。」瑪麗說。「他說怎麼都沒辦法喜歡CD的聲音。幾乎都是爵士樂的。我去他家玩的時候常常放給我聽，因為那時候還小，不太聽得懂音樂，不過我很喜歡老唱片套的味道，和唱針落下時發出的嘰哩嘰哩的聲音。」

酒保什麼也沒說地點點頭。

「尚—盧．高達的電影，也是那個叔叔告訴我的。」瑪麗對薰說。

「妳跟那位叔叔倒是很合得來噢？」薰問。

「是啊。」瑪麗說。「他本來在大學教書，說起來有一點風雅。不過三年前卻忽然心臟病去世了。」

「如果喜歡的話再來玩吧。星期天除外，店從七點就開門了。」酒保說。

「謝謝。」瑪麗說。

瑪麗拿起放在吧檯的本店紙火柴，放進夾克的口袋。然後從高凳子上下來。

唱針正沿著溝紋的痕跡追尋著。懶洋洋的、官能性的艾靈頓的音樂。深夜的音樂。

am

Skylark。巨大的霓虹招牌。從玻璃窗外看得見明亮的客人席位。大大的餐桌，有一群像是大學生的年輕男女正發出陣陣開朗的笑聲。跟剛才那家Denny's比起來，這邊熱鬧多了。即使深夜街上的黑暗深度，也無法進到這裡來。

瑪麗在Skylark的洗手間裡洗手。現在她既沒戴帽子，也沒戴眼鏡。天花板的喇叭小聲地流瀉出Pet Shop Boys的古老暢銷曲〈Jealousy〉。她把大大的背包放在洗臉台旁邊。用店裡提供的洗手乳仔細地洗手。看來也像要把沾在手指之間的，什麼黏黏的東西洗掉似的。偶爾揚起眼睛，看看映在鏡子裡自己的臉。關掉水龍頭的水，在光線下檢查十根手指，用紙巾來回用力地擦著手。然後臉湊近鏡子。用一種彷彿預期會發生什麼事情似的眼光，注視著映在鏡子裡自己的臉。心想不要看漏上面的任何細微變化。不過什麼也沒發生。她雙手撐在洗臉台上閉起眼睛，數了幾下，然後睜開眼睛。再一次，仔細檢查自己的臉。但是，依然沒有任何變化。

她用手簡單地整理前髮。調整好運動夾克裡穿的連帽套衫的帽子。然後像在鼓勵自己似地咬咬嘴唇，輕輕點幾次頭。配合著這個動作，鏡中的她也咬咬嘴唇，輕輕點幾次頭。她把包包揹在肩膀上，走出洗手間。把門關上。

做為我們視點的攝影機，在那之後還暫時留在洗手間，繼續照映出洗手間內部。瑪麗已經不在那裡了。沒有任何人在裡面。只有音樂還從天花板的喇叭流瀉出來。現在換成Hall & Oates的曲子。〈I Can't Go for That〉。但是仔細一看，洗臉台的鏡子裡還映著瑪麗的影像。鏡子裡的瑪麗，從那一邊看著這一邊。以認真的眼光，好像在等著什麼事情發生。但這一邊卻沒有任何人。只有她的影像被留在Skylark的洗手間的鏡子裡。

週遭變得昏暗起來。在加深的黑暗中流瀉著〈I Can't Go for That〉。

6

am

「阿爾發城」旅館的辦公室。薰臉色不悅地坐在電腦前面。液晶螢幕上，映出入口監視器所拍下的影像。很清楚的影像。畫面角落顯示著時刻。薰一面對照著紙上記下的數字，和畫面顯示的時刻，一面用電腦滑鼠將畫面快轉，或停下來。操作似乎不算順利。她偶爾仰起頭朝天花板，嘆氣。

小麥和蟋蟀走進辦公室來。

「妳在幹什麼？薰姊。」小麥問。

「臉色很難看咧。」蟋蟀說。

「我在看監視器拍的ＤＶＤ。」薰眼睛繼續盯著畫面回答說。「只要檢查大約的時間，就應該知道是什麼樣的傢伙打了那個女孩吧。」

「可是那個時間進出的客人還不少。能分得出是誰幹的嗎？」小麥說。

薰用粗壯的手指啪答啪答不靈巧地敲著鍵盤。「其他的客人都是男女一起進來旅館的。不過只有那個男的先來，在房間裡等女的。男的在入口拿起404號房鑰匙的時間，是十點五十二分。這個已經明確地知道了。女的由機車送來，大約在十分鐘之後，櫃檯的佐佐木小姐這樣說。」

「那麼只要把十點五十二分左右的影像畫面調出來就行了。」小麥說。

「可是，沒那麼順利。」薰說。「我實在對這種數位的什麼玩意兒機器很笨哪。」

「因為腕力不發生作用嘛。」小麥說。

「就是啊。」

「薰姊，妳出生的時代稍微搞錯了一點。」蟋蟀滿臉認真地說。

「錯了兩千年左右。」小麥說。

「可以這麼說。」蟋蟀同意。

「我可不希望這麼乾脆地被區隔噢。」薰說。「妳們還不是不會嗎？這玩意兒。」

「是不會呀。」兩個人異口同聲地說。

薰在畫面搜尋欄鍵入時間，按一下想調出那個畫面，卻怎麼也不順利。不知道操作順序哪裡搞錯了。她咋一下舌。拿出操作手冊來啪啦啪啦翻閱，不得要領，丟在桌上，放棄了。

「真是的，怎麼會不行呢。這樣應該可以出來呀，偏偏出不來。要是高橋在的話，這種東西他一下子就搞定了。」

「可是，薰姊，就算知道那個男人的臉，到底又能怎麼樣呢？總不會要報警吧？」小麥說。

「不是我自豪，我可是決定盡量不要靠近警察。」

「那麼，要幹什麼呢？」

「這個嘛，事後再慢慢考慮。」薰說。「不過啊，以我的個性，這種惡質的傢伙我可不會就這樣默默放過他噢。總而言之。看準人家是弱女子就毆打她，還把她剝光搶光就走人，而且連旅館費都賴掉。簡直是男人中的垃圾。」

「這種罪丸爛掉的神經病混蛋，非把他抓起來修理個半死不可噢。」蟋蟀說。

薰大力點頭。「是希望這樣，不過他再怎麼樣都不會笨到還來這家旅館露面吧。至少暫時不會。可是這邊也沒那個閒工夫去到處找他。」

「那，妳打算怎樣？」小麥說。

「所以，我不是說那個再慢慢想嗎？」

薰一半火大地放棄了，幾乎用盡力氣連按兩次某個電腦小圖示時，稍過一會兒，螢幕上竟然出現十時四十八分的畫面。

「行了，出來了。」

小麥說：「好厲害喲。這是所謂的有志者事竟成嗎？」

蟋蟀：「電腦一定也怕了妳喲。」

接著，三個人什麼也沒說，屏著氣息盯著畫面。十點五十分有一對年輕男女進來。像學生模樣。兩個人看來都很緊張的樣子。在房間的照片看板前面猶豫了一下後，按了302號房的按鈕，拿起鑰匙，要去搭電梯。搞不清楚電梯在哪裡，在那裡徘徊了一下。

薰：「這是302號房的客人。」

小麥：「嗯302。看起來很純樸的樣子，可是很激情噢。這兩個。去整理的時候，才發現搞得亂七八糟的。」

蟋蟀：「很好啊。年輕嘛，亂就盡量亂吧。就因為這個才付了錢，來到這種地方的嘛。」

小麥：「可是，我這也算還年輕，最近卻好久都沒這麼亂來了呢。」

蟋蟀：「呵，慾望不夠啊，小麥妹妹。」

小麥：「慾望啊？」

薰：「喂，差不多404的客人快來了。少胡扯了，好好看著吧。」

畫面上男人出現了。時刻是十點五十二分。

男人穿一件淺灰色風衣。年齡大約三十幾歲後半，也許接近四十歲。打了領帶，穿著皮鞋，像上班族的樣子。戴著小型金屬框眼鏡。沒帶東西，雙手插在口袋裡。身高、體型、髮型也非常普通。就算在路上擦肩而過，也幾乎不會留下印象的那一型。

「怎麼好像很平凡的樣子嘛？這傢伙。」蟋蟀說。

「看來平凡的傢伙才最可怕呢。」薰一面輕輕摩挲著下巴一面說。「因為積滿了緊張壓力呀。」

男人看一下手錶確認時刻，毫不猶豫地拿起404號房的鑰匙。然後快步走向電梯。男人的身影從監視器的視野消失。薰在這裡把畫面暫停。

薰問她們兩人。「嘿，妳們看這個，有沒有看出什麼名堂？」

「好像是上班族的樣子噢。」小麥說。

薰沒好氣地看看小麥，搖搖頭。「喂，不用妳們說，這個時間還穿著上班西裝打領帶的，一定是下班要回家的人哪。」

「對不起。」小麥說。

「那，這傢伙，對這種事情好像相當熟悉的樣子。」蟋蟀發表意見。「可以說是很老練吧，一點都沒有遲疑的神色。」

薰同意。「是啊。馬上就拿起鑰匙，直接往電梯走。可以說採取了最短的途徑，或者說沒有多餘的動作。也沒有東張西望。」

小麥：「也就是說，這裡他不是頭一次來對嗎？」

蟋蟀：「所謂的常客。」

薰：「有可能。而且以前，也同樣買過女人吧。」

小麥：「還有專門找中國女人這條線。」

薰：「嗯，很多傢伙有這樣的嗜好。不過，又是上班族又來過這裡幾次，那麼在這附近的公司上班的可能性很高囉。」

小麥：「應該是這樣沒錯。」

蟋蟀：「還有，可能多半在深夜工作。」

薰一臉訝異的表情看看蟋蟀。「妳怎麼會這樣想？為什麼不是一天的班上完了，到某個地方喝了一杯覺得很舒服，然後蠢蠢欲動開始想要女人，這不是也有可能嗎？」

蟋蟀：「不過，這傢伙是空手來的噢。公事包一定還放在公司。如果是接著要回家的話，手上應該會拿著東西。皮包啦公文袋啦。沒有人空手上班的。所以這個傢伙，會不會還要從這裡回到公司去工作呢？我這樣想。」

小麥：「三更半夜還在公司工作？」

蟋蟀：「留在公司工作到黎明的人，世上還不少噢。尤其是電腦軟體方面的，這種事情很多。其他的人都下班回家以後，他們就在沒啥人的地方，一個人慢慢摸摸弄弄的搞系統。因為大家都在工作的時候，總不能把系統全部停下來作業。所以就加班到兩三點，再搭計程車回家。這種人公司還會發給他們計程車乘車券。」

小麥：「原來是這樣。這麼說來，這傢伙，也許有一點電腦狂的傾向。可是蟋蟀姊，妳怎麼對這種事情這麼清楚呢？」

蟋蟀：「我，別看我這樣，其實以前也在公司上過班哪。在一個像模像樣的地方，也算當過ＯＬ上班女郎。」

小麥：「真的認真做？」

蟋蟀：「唔，因為是公司嘛，應該算認真做吧。」

小麥：「哦，那妳為什麼……」

薰以不耐煩的聲音插嘴進來。「嘿，等一下。現在正在談這邊的事情呢。妳們自己那麻煩的身世經歷到別的地方再說吧。」

小麥：「對不起。」

薰把畫面重新調回十點五十二分，這次用單格播放。而且選了適當的地方按成靜止畫面，把映出男人影像的部分一級一級放大下去。然後列印出來。將男人的臉，相當大比例地彩色列印出來。

小麥：「好厲害。」

蟋蟀：「這種事情真的辦得到耶。簡直就像《銀翼殺手》（Blade Runner）一樣嘛。」

小麥：「要說真方便嘛，試想一想還真是可怕的世界噢。這樣的話也不能放心大膽的上賓館了。」

薰：「所以呀，妳們最好也不要在外面做壞事噢。最近，什麼地方裝了攝影機都不知道呢。」

小麥：「天知、地知、數位攝影機知。」

蟋蟀：「真的。不小心還真不行咧。」

薰印出五張相同的影像。三個人分別注意看著那張臉。

薰：「放大後雖然畫面影象粗糙，不過依然可以看出那張臉的大概吧？」

小麥：「嗯，下次在路上遇到的話，會很清楚知道就是這個傢伙。」

薰一面發出咖啦咖啦的聲音轉動著脖子，一面沉默地尋思。終於想到什麼了。

「妳們，我剛才出去以後，有沒有用過辦公室的電話？」薰問兩個人。

兩個人搖搖頭。

小麥：「沒有用。」

蟋蟀：「我也沒有。」

薰：「那麼，那個中國女孩用過這個電話以後，誰都沒有按過這個電話的號碼噢？」

小麥：「連摸都沒有。」

蟋蟀：「一根指頭都沒碰。」

薰拿起電話機，吸一口氣之後，按下重播鍵。

呼叫鈴響了兩聲，一個男人接起來。用很快的中文說了什麼。

薰說：「喂，這裡是『阿爾發城』旅館，今天晚上十一點左右你們的女孩子到這裡來應召接客，然後被打得很慘對嗎？現在，我們手上有那個客人的相片。是用監視器拍下來的。我在想，不知道你們想不想要這個？」

電話的對方沉默幾秒鐘。然後用日語說：「請等一下。」

「我會等啊。」薰說。「多久都可以等。」

電話那邊好像在商量什麼。薰一直拿著聽筒抵著耳朵，原子筆夾在手指間轉著圈圈。小麥在那之間，抓著掃把柄當麥克風，表情誇張地唱起歌來「雪花飄飄……你沒有來……我會等下去……多久都可以等……」

男人再過來接電話。「照片，現在在妳們那裡？」

「熱騰騰剛出爐的。」薰說。

「妳怎麼知道這裡的電話號碼？」

「最近的機器產品，變得很方便了啊。」薰說。

男的沉默幾秒。「十分鐘過去那邊。」

「我會到門口等。」

電話掛斷。薰皺起眉頭把聽筒放下。又再咖啦咖啦轉動著她的粗脖子。房間裡沉默下來。小麥有所顧慮地開了口。

「嗯，薰姊。」

「什麼事？」

「妳真的要把這張臉部相片，交給那些傢伙嗎？」

「因為啊，誰叫他把無辜的女孩打得這麼慘，這種傢伙饒不了他，剛才不是說過了。旅館費賴賬也叫人火大，最近這種德性的上班族嘴臉看了真不爽。」

小麥：「可是，那些傢伙如果逮到這個男人的話，會不會把他綁上重石頭撲通一聲沉進東京灣裡去呢？扯上這種事情，又沒搞好的話，可不妙噢。」

薰依然皺著眉頭。「唉，大概還不至於把他殺掉吧。中國人彼此再怎麼互相打殺，警察都不會特別在意，可是如果殺到日本仇人的話，事情就不一樣了。那麻煩可大了。所以只要把他抓到，把原委說清楚，頂多割掉他一隻耳朵吧。」

小麥：「哇，好痛。」

蟋蟀：「好像梵谷一樣嘛。」

小麥：「可是，薰姊，光靠這樣的照片，妳想就可以找出一個男人嗎？畢竟街上那麼大。」

薰：「可是那些傢伙，一旦決定要幹的話就會幹到底。碰到這種事情，個性很執著的。如果被外行人愚弄了的話，對底下的女人們就沒辦法豎立榜樣，夥伴們之間也沒面子。那是個沒面子就混不下去的世界。」

薰拿起桌上的香煙叼在嘴上，用火柴點火。歪歪嘴唇，朝著螢幕畫面長長地吐一口煙。

靜止畫面上放大的男人的臉。

十分鐘後。薰和小麥在旅館門口附近等著。薰和先前一樣穿著同一件皮夾克，將毛線帽戴得很低。小麥穿著厚厚的大毛衣。一副很冷的樣子，雙臂緊緊抱在胸前。不久，和剛才來接女人的同一個，騎著重型機車的男人來了。他在離兩個人稍微有一點距離的地方停下機車。同樣沒有關掉引擎。脫下安全帽，放在油箱上，慎重地脫下右手手套。把手套塞進上衣口袋，就保持那樣的姿勢。並不主動採取行動。薰大步走到男人旁邊去，把列印出來的三張臉部相片交給他。然後說：

「好像是在這附近的公司工作的上班族。多半是在深夜工作的，好像以前也在這裡叫過女人。說不定是你們的常客呢。」

男人收下臉部相片，看了幾秒鐘。看不出對那相片有特別興趣的樣子。

「然後呢？」男人看著薰說。

「什麼然後呢？」

「為什麼特地給我們相片？」

「只是想到說不定你們會想要而已。不想要嗎？」

男人沒回答，卻把夾克的拉鍊拉下來，把折成兩半的臉部相片，放進從脖子上垂掛下來像文件夾似的東西裡。然後再把拉鍊拉到脖子的地方。這段時間他的視線一直盯著薰的臉。眼光片刻也沒有移開。

男人想知道，薰提供情報會要求什麼樣的回報。可是他自己卻不問。姿態沒有放鬆，嘴巴閉得緊緊的，只等對方回應。薰也一直交叉雙臂，以冷冷的眼光看著男人的臉。她這邊也不退縮。令人窒息地繼續互相瞪著對方。估計看得差不多了，薰才終於乾咳一聲，打破沉默。

「我看這樣吧，如果你們找到那傢伙的話，可以通知我一聲嗎？」

男人用左手握著方向把手，右手輕輕放在安全帽上。

「如果找到這個男的，就通知妳一聲？」男的機械式地複誦一遍。

「沒錯。」

「只要通知就行了嗎？」
薰點點頭。「只要在我耳根小聲說一聲就行了。其他的事情我並不特別想知道。」
男人一直在想什麼。然後，用拳頭輕輕敲了兩次安全帽。
「找到會告訴妳。」
「等你的消息。」薰說。「現在還割耳朵嗎？」
男人嘴角稍微歪一下。「命只有一條。耳朵可有兩個。」
「也許吧，不過一個沒了就不能戴眼鏡了。」
「是不方便。」男人說。
對話到此結束。男人把安全帽套在頭上。然後用力一踩排檔，掉頭揚長而去。
薰和小麥站在路上，久久沒說話，眺望著機車消失而去的方向。
「好像見到鬼似的。」小麥終於開口了。
「正是鬼出沒的時間。」薰說。
「好可怕噢。」
「是可怕啊。」

兩個人回到旅館裡。

辦公室裡只有薰一個人。雙腳搭在桌上。她再一次拿起列印出來的臉部相片來看。男人臉部的特寫。薰低聲嘀咕著，仰頭朝向天花板。

7

am

男人一個人，坐在電腦畫面前工作著。就是「阿爾發城」旅館的監視器所拍到的男人。穿著淺灰色風衣，拿起４０４號房鑰匙的男人。他以不需看按鍵的熟練指法敲著鍵盤。速度快得驚人。雖然如此，十根指頭還是不容易追上思考的速度。他緊緊閉著嘴唇。始終面無表情。並沒有因為事情進行順利臉上就露出放鬆的表情，也沒有因為不順利而沮喪。襯衫袖子捲到手肘上，脖子上的扣子解開，領帶拉鬆了。必要的時候，就在旁邊放著備用的便條紙上，用鉛筆寫下數字和記號。附有橡皮的銀色長鉛筆。上面印著小寫veritech的公司名稱。六支一式同樣的鉛筆，整齊排列在筆盤上。長度也幾乎一樣。筆尖是尖得不能再尖的尖銳法。

寬闊的房間。同事都下班後的辦公室裡，他一個人留下來工作。桌上放著的小型ＣＤ音響以適度音量播放著巴哈的鋼琴音樂。波哥雷里奇彈奏的《英國組曲》。整個房間暗暗的，只有他的桌子這部分，才有日光燈從天花板照下來。就像以「孤獨」為題，愛德華．霍柏（Edward Hopper）可能會畫在畫裡的那種光景。但是他自己並不感覺那樣的狀況有多寂寞。反而旁邊沒有人，更好。他可以集中精神不被打攪，一面聽著喜歡的音樂一面進行作業。他一點也不討厭工作。只要專心工作，至少在那時候頭腦就可以不去理會現實的雜事了，工作只要不怕費事肯花時間的話，麻煩多半可以理論性地、解析性地處理好。他在半無意識的狀態下一面跟著音樂的流動，一面盯著電腦畫面，指尖並不輸給波哥雷里奇，正以全速度敲著鍵盤。沒有多餘的動作。在那裡只存在著十八世紀的精緻音樂、他、和他所被賦予的技術性問題。

不過他似乎偶而會在意右手背的疼痛，告一段落之後就中斷工作，張合幾次右手，轉一轉手腕。再用左手按摩一下右手背。嘆一口大氣，看看手錶。稍稍皺一下眉頭。因為右手的痛，工作比平常處理得有幾分不順，不時停頓一下。

服裝是清潔、雅致的。雖然算不上性格，也不算是洗練的穿法，不過對於身上穿戴的東西是花了心思的。品味也不壞。襯衫和領帶看起來都是高價的東西。

應該是名牌的吧。長相給人知性的印象，看來教養也不錯。左手腕上戴的是高級薄型手錶。眼鏡像是亞曼尼Armani的款式。手大大的，手指修長。指甲整理得乾乾淨淨，無名指上戴著細細的結婚戒指。相貌雖然沒有什麼明顯特徵，不過表情的細部卻看得出自我意志的堅強感。可能四十歲前後，至少臉的周圍，完全沒有鬆弛的贅肉。他的外表給人一種整理得很整齊的房間般的印象。看不出是會去賓館買中國應召女的男人。而且還把對方不講理地毆打一頓，把人家的衣服剝光帶走的那一型。不過事實上他就是這樣做了，非這樣做不行。

電話鈴響了，他沒有拿起聽筒。表情沒有改變一下，以同樣的速度繼續工作著。讓那鈴聲繼續響下去。視線並沒有動搖。鈴聲在響了四次之後切換成留言答錄裝置。

「這裡是白川的座位，現在無法接聽電話。有事的人請在訊號聲之後留言。」

訊號聲。

「喂。」女人的聲音。低沉而含糊的聲音，好像有點睏。「是我啦，如果你在那裡的話可以接電話嗎？」

白川依然盯著電腦畫面，用手邊的遙控器把音樂按成暫停，然後連上電話線。這已經被設定成可以不拿起電話聽筒就能對話了。

「我在這裡呀。」白川說。

「剛才打過去，你不在，所以還以為你今天晚上可以早一點回來呢。」女人說。

「妳說剛才，是幾點左右？」

「十一點過後吧。我有留言哪。」

白川瞄一眼電話機。確實紅色留言燈一閃一閃的。

「不好意思。我沒發現。因為太專心工作了。」白川說。「十一點多啊。那時候我出去吃宵夜了。然後經過Starbucks，喝了瑪奇朵咖啡。妳還沒睡嗎？」

白川一面說話，一面還用兩隻手繼續敲鍵盤。

「本來十一點半就睡了，可是做了討厭的夢，剛才醒過來，因為你還沒有回來。……那麼今天是什麼呢？」

白川沒弄清楚問題的意思。停止敲鍵盤，看看電話機。眼尾的皺紋一瞬之間忽然變深。「妳說什麼？」

「我說你宵夜吃了什麼？」

「噢，中華料理。跟平常一樣啊。因為比較有飽足感。」

「好吃嗎？」

「嗯……不太好吃。」

他的視線回到電腦上，又開始敲鍵盤。

「那麼，工作呢？」

「情況相當複雜。有人把小白球打進很糟糕的粗草障礙區了。天亮以前一定要有人把那修好才行，否則上午的網路線上會議就沒辦法開。」

「那麼你說的那個有人又是指你囉？」

「沒錯。」白川說。「因為我回頭一看也沒有任何人哪。」

「到早上以前能修好嗎？」

「當然。因為我是最Top-Pro的頂尖專家啊，就算是糟糕的一天，也要想辦法把成績拉到par平標準杆。何況如果明天上午的網路線上會議開不成的話，可能就會傳出有人要併購微軟的流言了……」

「併購微軟？」

「開玩笑的。」白川說。「不過可能還要再花一個小時。然後叫計程車，到家大約四點半左右吧。」

「我想那時候我可能睡著了。六點過會起來，因為不能不幫小孩做便當啊。」

「妳起來的時候，我可能睡得正熟。」

「等你起來的時候，我正在公司吃午餐。」

「妳回家的時候，我卻在公司開始工作。」

「就這樣，我們又要互相錯過了。」

「等下星期，應該可以恢復比較正常的工作時間。有人會回來，新的系統應該也可以安定下來。」

「真的嗎？」

「大概吧。」白川說。

「如果我沒記錯的話，印象中一個月前我耳朵也聽過完全一樣的話哪。」

「老實說我確實是按了複製和貼上鍵。」

太太嘆了一口氣。「但願順利就好了。因為希望能夠偶爾一起吃一頓飯，在同一個時間睡覺。」

「嗯。」

「別太勉強噢。」

「沒問題，我會像每次那樣把最後一記推桿漂亮地打進，背後響起一陣掌聲，然後就回家。」

「那就再見囉。」

「再見。」

「啊，等一下。」

「嗯？」

「向Top-Pro頂尖專家拜託這種事情心裡很過意不去，不過你回家可以順路經過便利商店幫我買牛奶嗎？如果有的話，我要Takanashi的低脂牛奶。」

「可以呀。小事一樁。一盒Takanashi的低脂牛奶。」

白川把電話的開關切掉。眼睛看一下手錶，確認時間。拿起桌上的馬克杯，喝一口涼掉的剩餘咖啡。馬克杯上有"intel inside"的商標。他按一下CD唱機的按鈕再開始播音樂，配合著巴哈的音樂，右手的拳頭一下張開一下合起。深呼吸一下，把肺裡的空氣換掉。然後把腦子裡的連線切換過來，又開始繼續做暫時中斷的工作。從A點到B點，要怎麼做才能整合性地取得最短距離？這個重新成為最重要事項。

在便利商店裡。Takanashi的低脂牛奶盒放在冷藏櫃裡。高橋一面用口哨輕吹著〈Five Spot after Dark〉的主題旋律，一面在物色牛奶。沒帶東西。伸出手拿起Takanashi的低脂牛奶，但發現是低脂的，便皺一皺眉。對他來說，那是可能關係到道德性根本的問題。並不只是牛奶脂肪的多少而已。他把低脂牛奶放回原來的地方去，拿起旁邊的普通牛奶。確認過包裝盒上的賞味期限，放進購物籃。

其次移到水果架前，拿起蘋果。在燈光下從各個角度檢查那顆蘋果。有一點不滿意。放了回去，拿起另一個蘋果，又做同樣的精密檢查。這樣重複了幾次，才選出一個——勉強可以接受，但絕對不是認可的。牛奶和蘋果對他來說，似乎是具有特別意義的食物。他走向收銀台，但經過時看到一個塑膠袋裡裝的魚板。拿起一包。看看印在袋子角落的賞味期限之後，放進籃子。在收銀台付過帳，把找的零錢隨便塞進長褲口袋裡，走出商店。

在附近的路邊護欄坐下來，用袖子仔細擦拭蘋果。氣溫似乎下降了，吐出的氣息微微變成白色。牛奶咕嘟咕嘟幾乎是一口氣就喝完了，然後再開始啃蘋果。好像在一面思考什麼事情似的一口一口仔細嚼，因此花了一些時間才吃完。吃完之後，用已經變得皺巴巴的手巾擦擦嘴角，把牛奶包裝盒和蘋果核裝進塑膠袋裡，拿到超商前面放著的垃圾桶去丟掉。把魚板放進大衣口袋。看看橘紅色的Swatch手錶確認過時間，雙手舉直，伸了一個大懶腰。

然後朝向某個地方開始走。

8

am

我們的視點回到了淺井惠麗的房間。放眼望過去，室內的樣子和剛才沒有改變。只有隨著時間的經過，夜更深了。只有沉默更加重一層而已。

——不，不對。不是這樣。是有某種改變。這個房間裡，有什麼東西和先前**巨大地**不同了。

那差異立刻就明白了。床上沒有人。床上沒有淺井惠麗的身影。從棉被沒有凌亂的這點看來，也不像是我們不在的時候醒過來，起床到什麼地方去了。床上是整齊整理好的狀態。絲毫沒有惠麗剛才還在那裡睡過的形跡。奇怪。到底發生了什麼事情？

看看周圍一圈。

電視開關是開著的。映出和剛才同樣的房間風景。一間沒有家具的寬大空房間。無個性的日光燈，和塑膠地板。但現在畫面卻大不相同地安定。既聽不見雜音，影像輪廓也清晰鮮明，沒有滲透含糊。線路和某個地方——不管那是哪裡——以不動搖的狀態聯繫著。就像滿月的光照射著無人的草原般，電視的明亮畫面照射著房間裡。房間裡的東西一件也不遺漏地，或多或少，都置身於電視所發出的磁場影響之下。

電視的畫面。沒有臉的男人，和剛才一樣坐在椅子上。茶色的西裝、黑色的皮鞋、白色的灰塵、緊貼在臉上有光澤的面具。姿勢也和先前看到的時候沒有改變。背脊伸直，雙手整齊放在膝蓋上，臉有點朝下地注視前方的什麼地方。他的一雙眼睛隱藏在面具後面。可是從整體氣氛，可以知道他正在凝視著什麼。他到底為什麼，這麼專心地注視著什麼呢？就像在回答我們的想法似的，電視攝影機的鏡頭於是沿著男人的視線移動過去。那視線前方，放著一張床。簡潔樸素的木製單人床——上面睡著淺井惠麗。

我們對照看看這邊房間裡放著的無人的床，和電視畫面裡的床。試著一一比較細部。怎麼看那兩張床都是同一張床。床單也是同樣的床單。但一張床在電視畫面裡面，另一張床則在這個房間裡。而且電視裡的床上，睡著淺井惠麗。

可能那邊的是真正的床吧，我們這樣推測。真正的床，在我們暫時移開目光的時間裡（我們離開這個房間後，經過了兩個小時以上），連同惠麗一起移到那邊去了。這邊只留下當做替身的床而已。可能是為了填滿應該存在那裡的虛無空間做為一個記號吧。

在相異世界的床上，惠麗和在這個房間裡時同樣，昏昏沉沉地繼續睡覺。完全一樣美麗，一樣濃密地。她沒有發現自己（或者應該說是自己的肉體）被什麼東西的手移動到電視畫面裡去了。排列在天花板上的日光燈，也沒有照到那睡眠的海溝底下去。

沒有臉的男人，以那隱藏著形狀的眼睛，從帳幕深處守望著惠麗。把隱藏著形狀的耳朵，毫不懈怠地注意觀察她。惠麗，和沒有臉的男人，都一直保持著一個姿勢。就像擬態的動物那樣，兩個人分別減緩著呼吸，降低著體溫，保持沉默，放鬆肌肉，將意識的出口塗蓋掉。我們眼睛所能看到的，猛一看像是靜止的畫面，實際上並不是。那是同步往這邊傳送過來的現場活生生的影像。這邊的房間，和那邊的房間，時間都同樣平均一致地經過著。兩者在同一個時間性中。從沒有臉的男人肩膀偶爾緩慢的一上一下，可以知道。不管各自的意圖在哪裡，我們都一起以相同的速度，被運送到時間的下游去。

9

am

Skylark餐廳裡。客人的蹤影比剛才稀疏。那群吵鬧的學生已經離開。瑪麗坐在窗邊的座位上，同樣還在看書。沒有戴眼鏡。帽子放在桌上。包包和運動夾克放在旁邊的椅子上。桌上有一盤三明治和一杯香草茶。三明治還剩下一半。

高橋走進店裡來。空手沒帶東西。環視店裡一圈，發現瑪麗的身影，筆直走到她旁邊來。

「嗨。」高橋開口招呼。

瑪麗抬起頭，看到高橋，輕輕點點頭。什麼也沒說。

「如果不妨礙妳的話，可以讓我在這裡坐一下嗎？」

「請坐。」瑪麗以中性的聲音說。

高橋在她對面坐下。脫掉大衣，把毛衣袖子拉高。女服務生走過來，等他點東西。他點了咖啡。

高橋看看手錶。「凌晨三點。現在是最黑暗最難熬的時刻。怎麼樣，不睏嗎？」

「不怎麼睏。」瑪麗說。

「我這邊昨天晚上倒是沒怎麼睡。趕寫了一篇不得不交的難纏報告。」

瑪麗什麼也沒說。

「聽薰姊說，妳可能在這裡。」

瑪麗點點頭。

高橋說：「剛才很抱歉。那個，中國女孩的事情。我在練習的時候薰姊打電話來，問我有沒有誰會講中文，這種事誰也不會，結果忽然想到妳。所以，我就告訴她到Denny's的話，可以找到一個外表這樣，叫做淺井瑪麗的女孩子，那個女孩中文非常流利。但願沒有給妳帶來太大的麻煩。」

瑪麗用指尖揉一揉戴過眼鏡的痕跡。「那個啊，沒關係呀。」

「薰姊說幫了很大的忙。很感謝妳。還有她好像很喜歡妳喲。」

瑪麗轉變話題。「練習完了嗎？」

「休息時間。」高橋說。「想喝個咖啡提提神，總之想跟妳說一聲謝謝。我擔心，會不會打攪了妳？」

「打攪什麼？」

「不知道啊。」他說。「總之，不管是什麼，就怕打攪了什麼……」

「演奏音樂快樂嗎？」瑪麗問。

「嗯。演奏音樂，快樂僅次於在天上飛。」

「你在天上飛過嗎？」

高橋微笑起來，微笑繼續保持，過一段時間。「不，沒在天上飛過。」他說。「只不過是，比喻呀。」

「你打算要當一個職業音樂家嗎？」

他搖搖頭。「我沒有那樣的才華。雖然搞音樂非常快樂，可是這不能當飯吃。能夠把什麼做得很好，跟真正創造什麼之間，還有很大的差距。我想我可以把樂器吹得很好，也有人讚美我，被讚美當然很高興。不過只有這樣而已。所以到這個月底我就要離開樂隊了，想離開音樂界，不再涉足了。」

「你所指的真正創造什麼，具體說是什麼樣的事情呢？」

「這個嘛……藉著把音樂深深地送到人的心裡去，而我的身體物理性地多少輕輕移動了一些，在這同時，聽的一方的身體也物理性地多少輕輕移動了一些。能產生這種共有狀態。大概是這樣。」

「好像好難哪。」

「非常難。」高橋說。「所以我要下來。在下一站轉搭另一班電車。」

「然後不再碰樂器了嗎？」

他把放在桌上的雙手掌心朝上。「也許會變這樣。」

「要去工作？」

高橋又搖搖頭。「不，還不工作。」

「要做什麼？」瑪麗停了一下後問他。

「我想認真來讀法律。準備以後考司法考試。」

瑪麗沉默不語。不過好奇心似乎多少被勾引起來。

「當然可能很花時間吧。」他說。「雖然本來就在法學系擁有學籍，不過以前一直在專心搞樂團，書只把該唸的唸過了。現在開始要改過自新，好好用心努力讀，要趕上可能沒那麼簡單。世間的事情並沒有那麼容易。」

女服務生送咖啡過來。高橋在那裡面放入奶精，用湯匙發出聲音攪拌，喝了一口。

高橋說：「老實說，我真正有心想要認真用功讀書，有生以來這還是第一次。學校成績向來還不錯。雖然沒有特別好，但也不壞。因為總是能夠把握重點很有要領地抓到重要的地方，所以可以拿到還可以的分數。這方面我很擅長。所以可以考進馬馬虎虎的學校，這樣下去的話應該可以找到馬馬虎虎的公司工作。然後再馬馬虎虎地結婚，擁有馬馬虎虎的家庭……吧？不過，我忽然覺得對這個已經厭煩了。」

「為什麼？」瑪麗問。

「妳是說，為什麼我會忽然想要開始認真用功讀書嗎？」

「是啊。」

高橋雙手就那麼捧著咖啡杯，瞇細眼睛看著她的臉。像從窗戶縫隙窺視房間裡那樣。「妳這是，真的想聽答案才問的嗎？」

「當然。就是想聽答案才會問哪，一般人不都是這樣？」

「理論上是。不過，其中也有只為了禮貌而問的人。」

「我不太清楚，不過我為什麼一定要為了禮貌，而問你問題呢？」

「說得也是。」高橋思考了一下，然後把咖啡杯放回碟子上。發出咖噹一聲清脆的聲音。「以說明來說，可以分成長篇的和短篇的，妳想聽哪一種？」

「中間的。」

「好。中號的M尺寸答案。」

高橋在腦子裡，迅速整理想要說的話。

「今年四月到六月，我到法院去聽了幾次審判。霞關的東京地方法院。我在那裡旁聽了幾次審判，我有一堂小組討論課要寫關於那樣的報告。嗯，妳去過法院嗎？」

瑪麗搖搖頭。

高橋說：「法院就像影城（cinema complex）一樣。那天要進行審理的案件和開始時刻，都會像節目表似的列出在入口的佈告欄上，可以從中選出有興趣的，到裡面去旁聽。任何人都可以自由進去。只是不能帶照相機和錄音機。也不能帶食物進去。也禁止談話聊天。椅子很窄小，如果打瞌睡會被法庭的人糾正。不過反正是免費入場的，所以也不能抱怨。」

高橋停頓一下。

「我主要是去旁聽刑事案件的審判。像暴力傷害啦、縱火啦、強盜殺人之類的。有壞人，做了壞事，被逮捕起來送去審判。接受刑罰。這類案件很容易明白吧。如果是經濟犯啦、思想犯之類的傢伙的話，事件背景就複雜多了。善與惡的分別很難看出來，那就麻煩了。以我來說，本來打算最好能夠很快寫成報告，拿到馬馬虎虎的分數，那樣就行了。就像小學生的暑假所做的牽牛花觀察日記一樣。」

高橋在這裡把話切斷。望著擱在桌上的自己的手掌。

「不過啊，在去幾次法院旁聽案件之間，卻奇怪地對在那裡被審判的那些事件，和觀察跟發生事件有關的那些人的姿態，開始感興趣起來。或者應該說，漸漸對事物開始有不同的想法了噢。那種心情很不可思議。因為，在那裡被審判的人，怎麼想都是跟我不同種類的人。跟我住在不同的世界，擁有不同的想法，採取不同的行動。這些人所住的世界，和我所住的世界之間，有一道堅固的高牆。剛開始我這樣想。因為，我首先就不可能犯下那樣的凶惡罪行。我是個和平主義者，性格敦厚，從小到大連對誰舉起手打過人都沒有。所以能夠以一個完全旁觀者的身分，從高處眺望審判。以事不關己的局外人身分。」

他抬起臉來，看瑪麗。然後選擇用語。

「可是到法院去了幾次，聽了關係者的證言，聽了檢察官的告訴內容和律師的辯護，聽著本人的陳述，在那之間，我竟然開始變得沒自信了。也就是說，我開始這樣想。其實所謂隔開兩個世界的牆壁，實際上可能並不存在喲。就算有的話，也可能只是一張紙糊的、薄薄的隔牆也不一定。只要輕輕靠上去，也許瞬間就會破掉而跌到那邊去也不一定。或者說，在我們自己內心裡，那邊其實已經悄悄地潛伏進來了，只是我們還沒有發現這個事實而已。我心裡開始有這種感覺。不過很難用言語來說明就是了。」

高橋用手指撫摩著咖啡杯的邊緣。

「結果，一旦開始這樣想以後，很多事情，看起來就跟以前不一樣了。所謂審判這個制度本身，在我的眼裡看起來，變成像是一個特殊的、異樣的生物。」

「異樣的生物？」

「例如，對了，就像章魚那樣的東西。住在深海底下的巨大章魚。擁有強壯的生命力，張舞著許多長腳，往黑暗的海中某個地方前進。我一面旁聽著審判，一面無法停止想像那樣的生物。那傢伙可以採取各種形式。有時候採取所謂國家的形式，有時候採取所謂法律的形式。也可以採取更複雜、更麻煩的形式。你怎麼切、怎麼斬，牠都會重新再長出腳來。誰也沒辦法殺死那傢伙。因為實在太強悍了，實在住在太深的地方了。你連牠心臟到底在哪裡都不知道。我那時候所感覺到的是，深深的恐怖。還有就是，不管你逃到多遠的地方，都不可能逃得過牠，類似這種絕望感。這傢伙啊，絲毫不會為人設想，我是我，你是你之類的事情。在那傢伙前面，所有的人都失去了名字，失去了臉。我們全都變成了微不足道的記號。變成微不足道的號碼了。」

瑪麗一直注視著他的臉。

高橋喝一口咖啡說：「這種話，是不是太乏味無趣了？」

「我正好好聽著呢。」瑪麗說。

高橋把咖啡杯放回碟子上。「這是兩年前的事情，立川發生了一件殺人縱火事件。一個男人用柴刀把一對老夫婦殺了，偷了他們的存款簿和印鑑，為了湮滅證據還把他們的房子放火燒掉。一個強風的夜晚，鄰居的房子也燒掉四間。這傢伙遭到死刑判決。以現在的日本審判案例來說，是理所當然的判決。兇殺案只要殺掉兩個人以上的話，幾乎都是死刑。絞首刑。何況還縱火。本來這個男人就太豈有此理了。有暴力傾向，以前也坐過幾次牢。家人早就不理他了，吸毒上癮，每次釋放出來就又犯罪。絲毫看不出一點反省悔過的心。就算上訴，也百分之百被駁回。律師也是國家指派的，從一開始就放棄了。所以死刑判決下來誰也不驚訝。連我也不驚訝。我聽法官宣讀判決主文，一面記筆記，一面想這也是當然的吧。然後，審判結束，我從霞關車站搭地下鐵回到家，坐在書桌前開始整理審判的筆記，可是那時候我突然覺得，心情變得非常受不了。怎麼說好呢？感覺好像全世界的電壓忽然一下子下降了似的。一切都忽然變得更黑一級，變得更冷一級。身體開始微微發抖，沒辦法停下來。不知不覺間眼淚竟然微微湧上來。為什麼噢。無法說明。那個男人被判死刑，為什麼我非要那樣狼狽不可呢？那傢伙，明明是個無可救藥不值得同情的傢伙啊。那個男人跟我之間，應該是沒有任何共通點也沒有任何關係的。卻為什麼，會這樣深刻地擾亂我的情緒呢？」

那個疑問依然保持疑問的形式，被擱置在那裡三十秒左右。瑪麗等著話繼續說下去。

高橋繼續說：「我想說的，大概是這樣的事情。一個人，不管是一個什麼樣的人，一旦被巨大的章魚似的動物纏上了逮住了，就會被吸進黑暗裡去。不管你為那加上什麼道理，那都是令人難以承受的光景。」

他注視著桌上的空間，深深嘆一口氣。

「總之以那一天為分界，我開始這樣想。來開始試著認真讀法律吧。那裡面或許有什麼，是我應該尋找的東西也不一定。認真讀法律，也許沒有玩音樂那麼快樂，不過沒辦法，這就是人生。這就是所謂的長大啊。」

沉默。

「這就是M尺寸的說明嗎？」瑪麗問。

高橋點點頭。「也許長了一點。這件事情因為是第一次跟人談起來，所以尺寸很難掌握。……嘿，妳那剩下的三明治，如果不吃的話，可以給我一塊嗎？」

「剩下的是鮪魚喲。」

「沒關係。我喜歡鮪魚。妳不喜歡嗎？」

「喜歡哪。不過吃鮪魚的話，水銀容易沉積在體內。」

「哦。」

「水銀在體內積多了的話，過了四十歲以後容易心臟病發作。頭髮也容易掉。」

「也就是說雞肉不行，鮪魚也不行？」

瑪麗點點頭。

「這兩樣碰巧都是我愛吃的。」他說。

「真可憐。」瑪麗說。

「其他我還喜歡吃馬鈴薯沙拉，馬鈴薯沙拉有沒有什麼重大問題？」

「馬鈴薯沙拉我想倒沒有什麼特別的問題。」瑪麗說。「除了吃多了會胖之外。」

「胖我倒不介意。我本來就太瘦了。」

高橋拿起一塊鮪魚三明治，津津有味地吃著。

「那麼，在考過司法考試以前，你打算一直當學生嗎？」瑪麗問。

「這個嘛。一面打打簡單的工，一面暫時過窮日子吧。」

瑪麗在想著什麼。

「你看過《愛的故事》嗎？以前的老電影。」高橋問。

瑪麗搖搖頭。

高橋說：「上次在電視上重播。相當有意思的電影噢。雷恩・歐尼爾（Ryam O'Neal）演一個有錢世家的獨生子，上大學的時候就跟一個義大利裔的窮人家女孩結婚，因此家裡跟他斷絕關係。學費也停止供應。不過兩個人一面過著窮日子一面努力用功，他從哈佛大學法學院以優異成績畢業，當上了律師。」

高橋到這裡喘一口氣。然後繼續。

「貧困哪，由雷恩・歐尼爾演起來也自有他優雅的地方。穿著厚厚的手編白毛衣，跟愛麗・麥克勞（Ali MacGraw）在玩丟雪球，背景音樂播放著法蘭西斯・雷（Francis Lai）那感傷的音樂。不過如果由我來演那個的話，我想一定不會像樣的。對我來說，貧窮終究只是貧窮。雪一定也不會為我積得那麼高那麼漂亮。」

瑪麗又在想什麼。

「然後，雷恩．歐尼爾在辛辛苦苦當上了律師之後，要說他在做什麼樣的工作的話，這類問題幾乎沒有給觀眾任何訊息。我們所知道的只有，他在一流的法律事務所任職，領的是令人羨慕的高薪。住在曼哈頓有門房的高級公寓，參加了專門為盎格魯撒克遜新教白人（WASP）而設的健身俱樂部，有空的時候就和雅痞夥伴一起咚咚地打打迴力球。只有這樣而已。」

高橋喝喝玻璃杯的水。

「那，後來怎麼樣呢？」瑪麗問。

高橋稍微抬頭看上面回想著情節。「快樂結局。兩個人永遠幸福健康地生活在一起。愛的勝利。雖然從前很辛苦，現在卻太棒了，像這樣的感覺。開著閃閃發亮的Jaguar車，打迴力球，冬天偶而丟丟雪球。另一方面，斷絕關係的父親則得了糖尿病、為肝硬化和梅尼爾氏病所苦，並在孤獨中死去。」

「我真搞不懂，這故事到底哪裡有趣呢？」

高橋稍微歪著頭。「是啊，哪裡有趣噢。我也想不太起來了。我因為有事，最後結局沒有看清楚。……嘿。要不要出去透透氣，散步一下？前面不遠的地方，有貓聚會的小公園。帶著有水銀的鮪魚三明治分他們吃一點嘛。我也有魚板。妳喜歡貓嗎？」

瑪麗輕輕點頭。把書收進包包裡，站了起來。

兩個人走在路上。現在沒有說話。高橋一面走一面吹口哨。一輛黑漆漆的本田機車放慢速度從旁邊經過。就是來「阿爾發城」接女孩子的中國男人所騎的機車。頭髮紮馬尾巴的男人。現在把全罩安全帽脫下來，正非常專注地把視線投向四周掃描著。但這個男人和兩個人之間並沒有交集。深沉的引擎聲接近兩個人，就那樣超越過去。

瑪麗對高橋開口說：「你跟薰姊是怎麼樣的朋友呢？」

「我在那家旅館打工過將近半年。在『阿爾發城』。做掃地啦、和其他所有各種低層的勞動。另外就是和電腦有關的事情。幫忙更換軟體啦、處理一些問題。甚至還幫她們裝上監視器。因為在那裡工作的都是女人，所以我這個男生有時候就被當成寶一樣噢。」

「是在怎麼樣的機緣之下，開始在那裡打工的呢？」

高橋稍微猶豫一下。「機緣？」

「應該有什麼機緣吧？」瑪麗說。「這方面的事情，薰姊好像故意含糊帶過。」

「這個就有點難說了。」

瑪麗沉默下來。

「不過，沒關係。」高橋好像看開了似的說。「其實我是跟一個女孩子進去那家旅館的。也就是說，以客人的身分。可是辦完事情出來的時候，才發現錢帶不夠。女孩子也沒帶。那時候因為喝了點酒，沒有好好考慮事情的前後。沒辦法。只好把學生證留在那裡。」

瑪麗並沒有發表感想。

「說起來，實在糗大了。」高橋說。「於是第二天，帶著欠的錢去付。結果薰姊就說，進來喝個茶再走嘛，於是就那樣聊起很多事情，最後，她說你明天開始就到我們這裡來打工好了。好像被她勉強拉進去似的。雖然工資不是很高，不過也常請我吃飯。現在我們所用的樂團練習場也是薰姊介紹的。她看起來好像有點粗魯，倒是很會照顧人。現在我還偶爾會去玩。電腦出什麼毛病也會叫我過去。」

「你跟那個女孩子後來怎麼樣了？」

「跟一起去賓館的女孩？」

瑪麗點點頭。

「從此就斷了。」高橋說。「以後就沒再見過面。一定是心灰意冷了吧。因為出糗了啊。不過，其實我的心並沒有特別被這個女孩子多強烈吸引。所以也沒多在乎。如果就那樣繼續交往，可能遲早也會處不好的。」

「你跟自己的心並沒有特別被吸引的對方也可以上賓館嗎？常常這樣？」

「怎麼可能呢。我的環境可沒那麼好。進去賓館那還是第一次呢。」

兩個人繼續走。

高橋好像在找理由解釋似的。「而且，那一次也不是我邀她的。是她提出說『去吧』。真的。」

瑪麗沉默著。

「不過，那個也說來話長。有一點狀況之類的。」高橋說。

「你是一個有很多長話的人噢。」

「也許是。」他承認。「為什麼噢？」

瑪麗說：「嘿。剛才你說過你沒有兄弟姊妹對嗎？」

「是啊，獨生子。」

「你說跟惠麗同一個高中，表示在東京有家囉。那為什麼沒有跟父母親住一起？那樣生活不是比較輕鬆嗎？」

「那個要說明也是說來話長。」

「沒有短篇版的嗎？」

「有啊，非常短的。」高橋說。「想聽嗎？」

「嗯。」瑪麗說。

「母親並不是我生物學上的母親。」

「所以處不太好？」

「不，也不是說處不好。妳看我這個人，並不是一個會把小事情鬧大的那種類型。不過我也沒有那種，每天在一起，一面閒話家常一面圍著餐桌吃飯的心情。而且我本來的個性，一個人獨處也不會覺得難過。再加上，我跟我父親的關係也不算特別友好。」

「也就是說感情不好？」

「或者，不如說個性不同，價值觀也不同。」

「你父親是做什麼的？」

高橋什麼也沒說地一面看著腳前一面慢慢走。瑪麗也沉默著。

「他正在做什麼，我也不太清楚。老實說。」高橋說。「不管怎麼樣，大概在做不太能令人讚賞的事情吧，我可以非常接近確信地這樣推測。還有一件事情我很少跟別人談起，在我還是小孩的時候，他曾經坐過幾年牢。換句話說，可以算是一個反社會的人，曾經是個犯罪者。這也是我不想待在家裡的原因之一。那樣我會開始擔心遺傳因子的情況。」

瑪麗似乎很驚訝地說：「這也算是非常短的版本嗎？」然後笑了。

高橋看著瑪麗的臉。「妳第一次笑。」

10

am

淺井惠麗還在繼續睡。

可是剛才坐在旁邊的椅子上，專心注視著惠麗面容的，沒有臉的男人卻不見蹤影。椅子不見了。也沒有留下痕跡。因此房間顯得比之前更冷清、更安靜。床在房間的大約中央一帶，惠麗躺在那上面。看起來就像一個人躺在救生艇上飄在安靜的海上似的。我們從這一邊，也就是從現實的惠麗房間，透過電視畫面望著那光景。似乎是由那邊房間裡的攝影機，照出惠麗的睡姿，向這邊傳過來的。攝影機的位置和角度每隔一定時間便改變一下。有時稍微接近一些，有時稍微遠離一些。

時間持續經過，但沒有發生任何事情。她身體絲毫沒有動一下。沒有發出任何聲音。在沒有波浪也沒有流動的純粹思惟的海面，她仰面漂浮著。雖然如此，我們依然無法將眼光從那傳送過來的影像上移開。為什麼呢？原因並不清楚。不過我們透過某種直覺，感覺得到那裡有什麼。有什麼在那裡。正把身體潛進水面下，把存在的氣息消掉。為了看清楚那眼睛所看不見的東西在哪裡，我們非常注意地盯著那不動的畫面。

——現在，淺井惠麗的嘴角似乎微微動了一下。也許還稱不上動的程度。不確定看得見或看不見的微細震動。也許只是畫面影像閃了一下而已。也許是眼睛的錯覺。也許是我們想尋求某種變化的心，所引起的幻視也不一定。我們為了確認這個，而更加銳利地凝注雙眼。

攝影機的鏡頭彷彿能理解那想法似地更往前接近被攝體。惠麗的嘴唇成為特寫。我們屏住氣息，注視著電視畫面。耐心等待接下來應該會來臨的東西。嘴唇再度震動。瞬間的肌肉牽動。對，就是跟剛才一樣的動法。不會錯。並不是眼睛的錯覺。淺井惠麗的身體，正在開始繼續發生某種變化。

從這一邊只是被動地望著電視畫面，漸漸使我們感到無法滿足。很想要用自己的眼睛，親自直接確認那個房間的內部。惠麗開始顯示的輕微震動，很可能是意識的胎動，我們想要更靠近去看看。想要試著更具體地去推測那意義。因此決定乾脆移動到畫面的那一邊去。

只要下定決心，並沒有那麼困難。只要脫離肉體，留下實體，化為不帶有質量的觀念性視點就行了。這麼一來什麼樣的牆壁都可能穿越過去。再深的深淵也能夠飛越過去。而實際上，我們就化為純粹的一個點，穿過了分隔兩個世界的電視畫面。從這一邊移動到那一邊。通過牆壁，飛越深淵時，世界大大地歪斜，崩裂，一度消失。一切化為不相混雜的微細塵埃，往四方飛散。然後世界重新構築。新的實體包圍住我們。這一切全都是在一瞬間所發生的事情。

然後現在，我們在那一邊。在電視畫面所映出來的房間裡。我們環視周圍一圈，探察週遭的樣子。有一股長久沒有掃除房間的氣味。窗戶緊閉，空氣不動。冷冷的，有點發霉的味道。沉默的深度，讓耳朵都要痛起來的程度。沒有任何人。也沒有什麼潛藏在裡面的跡象。就算那裡曾經潛藏過什麼，現在也已經離去了。現在正在這裡的只有我們，和淺井惠麗而已。

房間正中央的單人床上，惠麗繼續睡著。這是印象中看過的床，和看過的床單。走近她身邊，看她的睡臉。花時間綿密地觀察那細部。正如前面敘述過的那樣，身為純粹視點的我們所能夠做的，只有觀察而已。觀察、收集訊息、如果可能則下判斷。碰觸她的手是不被容許的。也不可以跟她說話。甚至連迂迴地暗示我們的存在都不可以。

終於，惠麗的臉再度動起來。像要趕走停在臉頰上的小飛蟲時那樣，肌肉的反射動作。然後右側的眼皮細細地震動幾下。思惟的波紋在顫動。在她昏暗的意識一隅，某個微小片段和另一個微小片段，在無言中呼應著，波紋像擴展開來似地逐漸連接起來。那過程就呈現在我們眼前。就這樣形成了一個單位。接著那單位與在別的地方所形成的單位結合起來，逐漸形成自我認識的基本系統。換一種說法來表現的話，可以說她正一步一步逐漸朝覺醒的方向前進中。

覺醒的速度，慢得令人著急，不過步伐並沒有倒退。雖然系統時而顯得迷惑，卻一刻一刻，確實地往前邁進。從一個動作到下一個動作所需的空白時間，也逐漸縮短。肌肉的動，剛開始只限於臉一帶，然而花一些時間之後漸漸擴散到全身。在某個時點肩膀靜靜地提高起來，白皙的小手從棉被裡露出來。是左手。左手比右手先一步踏向覺醒。指尖在新的時間性中解凍、鬆開，正在尋求著什麼，開始不靈巧地動起來。終於那手指，以一個自主的小生物在床單上移動，碰到纖細的喉頭。不安地，像在探尋自己的肉體的意義似的。

不久惠麗眼皮睜開。但在天花板排列的日光燈照射之下，只一瞬間就又閉上了。她的意識彷彿在拒絕醒來的樣子。想要排除在那裡的現實世界，繼續留在充滿了謎的柔軟黑暗中無限期地睡下去。另一方面，她的身體機能卻顯然正渴望著醒來。正希求著新的自然光。在她的內在，這兩股力量正互相鬥爭、糾纏。但最後指示覺醒的力量來源獲得勝利。眼皮再度睜開。慢慢的，幾番猶豫，不過依然感到刺眼。日光燈過分明亮。她舉起手來遮住雙眼。轉向側面，臉頰貼在枕頭上。

時間就這樣經過。三分鐘或四分鐘之間，淺井惠麗保持同一個姿勢躺在床上。眼睛依然閉著。是不是又睡著了呢？不，沒有。她正在花時間，讓意識習慣醒來的世界。就像被移到氣壓大不相同的房間的人，要調整身體機能時那樣，在那裡時間扮演著重要的角色。她的意識認知到難以避免的改變來臨了，雖然不願意也只好準備接受。感覺稍微有一點想吐。胃收縮起來，好像有什麼東西一直往上湧的感覺。不過重複慢慢深呼吸幾次之後，那就過去了。想吐的感覺好不容易止住以後，取而代之的是幾種其他不愉快的感覺變得明顯了。手腳的麻痺、輕微的耳鳴、肌肉的痠痛。這是因為太長時間，一直保持同一個姿勢睡覺的關係。

時間再度經過。

她終於從床上坐起來，以曖昧的視線環視週遭一圈。一間相當寬大的房間。沒有人的影子。這裡到底是哪裡？我在這裡做什麼？她試著回憶看看。可是任何回憶，都像短線一般立刻斷掉。她所知道的，只有自己到目前為止好像在這裡睡覺的樣子。證據是自己正在這張床上，穿著睡衣。這是我的床，我的睡衣。沒有錯。可是這裡不是我的地方。全身是麻痺的。如果我剛才是在睡覺的話，大概睡了很久，睡得很深吧。可是到底有多長的時間，卻無從知道。想要深入思考時，太陽穴就開始疼起來。

乾脆從棉被裡起來。赤裸的腳小心翼翼地踩在地板上。她穿著睡衣。藍色的素面睡衣。衣料是柔軟光滑的。肌膚感覺房間的空氣冷冷的，她拿起薄薄的床單，蓋在睡衣上像披肩般披著。想要邁步走，卻無法筆直往前進。肌肉記不太起原來的走路方式。不過努力之下，總算一步一步往前進。平坦的塑膠地板，極事務性地檢定她、詰問她。妳是誰？在這裡做什麼？他們冷冷地這樣問。但當然，她無法回答這問題。

她實際走到窗邊雙手扶著窗框，睜大眼睛透過玻璃眺望窗外。然而窗外並沒有所謂的風景。在那裡有的只是純粹的抽象概念似的，沒有顏色的空間。她用雙手揉一揉眼睛，深呼吸一下，眼睛再看一次窗外。除了空白之外，依然什麼也看不見。她想打開窗戶，但窗戶打不開。她一一試過所有的窗戶，但所有的窗戶都像被釘住了似的，動也不能動。她想，這裡說不定是船上。這種想法浮上她的腦海。因為她發覺體內有一種平穩的搖動似的感覺。我現在，可能在一艘很大的船上也不一定。為了不讓波浪進到室內，所以窗戶才嚴密地關閉著。她側耳傾聽，想聽看看引擎的低吟聲，或船體破浪前進的聲音。但是傳到耳朵裡來的，卻只有不中斷的沉默聲而已。

花時間在那寬大的房間繞一圈，試著摸摸牆壁，摸摸開關。將每一個開關撥上撥下，天花板的日光燈都不會熄滅。什麼事情都沒有發生。房間裡有兩扇門。兩扇貼著合板的非常普通的門。她試著旋轉其中一扇門的把手。但只有空轉，卻沒有反應。推也好拉也好，門都絲毫不動。另一扇門也一樣。在那裡的所有門和窗，簡直就像各自獨立的生物似的，對她送出拒絕的信號。

她試著以雙手的拳頭用力敲看看。期待會不會有人聽到那聲音，從外面幫她開門。可是不管多用力敲，卻只發出小得令人吃驚的聲音而已。連她自己的耳朵都幾乎聽不見的微小聲音。誰（就算外面有誰在）也聽不見那樣的聲音。只有手敲痛了而已。她頭腦深處有類似頭暈目眩的感覺。體內的搖晃比剛才更大了。

我們發現，那個房間和白川深夜工作的辦公室很類似。非常相似。或許是同一個房間也不一定。只是現在，那裡變成一個完全空洞的房間。家具和機器和裝飾品，一樣也不留地被剝除掉了，剩下來的只有天花板上的日光燈而已。所有的東西都被搬出這個房間，最後一個出去的人把門關上走掉了，從此這個房間的存在就被全世界遺忘，並沉到海底去了。被四面牆壁吸進去的沉默和發霉的氣味，把那時間的經過暗示給她，還有我們。

她彎下身蹲在地板上，背靠著牆壁。安靜閉上眼睛，等頭暈和搖晃停下來。終於睜開眼睛，拾起掉在地板邊的什麼東西。是鉛筆。附有橡皮擦的，印有小寫veritech的名字。和白川所用過的一樣的銀色鉛筆。筆芯的尖端磨圓了。她拿起那鉛筆，看了很久。記憶中沒有veritech這個名字。是公司的名字嗎？或者是某個產品的名字。不知道。她輕輕搖頭。除了那支鉛筆之外，看不見任何可能提供有關這個房間情報的東西。

為什麼自己會一個人被獨自留在這樣的地方呢？她無法理解。這是個記憶中沒看過的場所，也想不起來有這樣的地方。到底是誰，為了什麼目的，把我帶到這裡來的？說不定我已經死掉了呢？這是死後的世界嗎？她在床上坐下來，試著研究這個可能性。可是她不認為自己已經死了。而且死後的世界也不應該是這樣。如果一個人被關在孤絕的辦公大樓的空室裡就是死後該有的樣子的話，那未免太沒救了吧。這是夢嗎？不，不是。如果是夢的話，一切事物太有一貫性了。細部太具體、太鮮明了。我可以實際用手觸摸得到在這裡的東西。她用鉛筆尖端用力刺手背，確認那疼痛。用舌頭舔一下那橡皮擦，確認橡皮的味道。

這是現實，她下結論。不同種類的現實，不知道為什麼取代了我原來的現實。那不管是什麼地方帶來的現實，不管是誰把我帶到這裡來，總之我是孤零零的，被留在這個既沒有風景也沒有出口，充滿灰塵的奇怪房間，被關在這裡了。我是不是腦筋出問題了？而且因為那樣的結果，所以被送進一個像療養院之類的地方了嗎？不，不可能。以常識來判斷，到底誰會把自己的床帶到醫院裡來呢？何況這個房間看起來並不像病房。也不像監獄。這裡——對，只不過是一間寬大的空房間。

她回到床上，用手試著撫摸棉被看看，試著輕輕拍拍枕頭看看。但那就是普通的棉被，普通的枕頭。既不是象徵性的東西，也不是觀念性的東西。只是現實的棉被，現實的枕頭。那些沒有給她任何線索。惠麗試著用手指撫摸著自己臉的每一個部分。用雙手試著從睡衣上摸摸自己的乳房。確認那就是平常的自己。美麗的臉，和形狀美好的乳房。我是這樣的一團肉塊，這樣的一個資產，她這樣漫無目的地想著。然後忽然對於自己是自己的這件事情，開始覺得不確定起來。

暈眩雖然消失了，但搖晃卻還依舊。感覺支持著身體的腳所踩的地面好像有一邊被抽掉了似的。身體內側失去了必要的重量，漸漸變成只是一個空洞。到目前為止讓她之所以為她自己的器官、感覺、肌肉、記憶，不知道被什麼東西的手，逐漸一樣一樣地，俐落地剝奪而去。結果，她知道自己已經逐漸變成什麼也不是，只是一個為了讓外部的東西通過的，方便的存在而已了。彷彿全身都起了雞皮疙瘩的強烈孤絕感襲來。她大聲喊叫。不要，我不要變成這樣。可是她明明大聲喊了，但現實上從喉嚨出來的，卻只有像快要消失般的微小聲音而已。

她希望再一次深深睡著。如果熟睡再醒來，就能回到原來屬於我的現實的話，那該有多美好。這是目前，惠麗能夠想到的，從這個房間唯一的逃出方法。應該有值得一試的價值。不過這樣的睡眠，可能沒有那麼容易得到吧。為什麼呢？因為她剛剛才從睡眠中醒來。而且未免一次睡太久了，睡太深了。深得忘記原來的現實到底遺忘在什麼地方了。

她把拾起來的銀色鉛筆夾在手指之間，試著團團轉著。一面模糊地期待，那感覺能夠引出什麼記憶來。不過她的指尖所能感覺到的，只有心的無限渴望而已。她不禁把那鉛筆丟在地上。躺在床上。捲起棉被，閉上眼睛。
她想，誰也不知道我在這裡的事。我知道。誰也不知道我在這裡。

我們知道。但我們卻沒有資格干預。
我們從上方俯視著，她躺在床上的身影。然後作為視點的我們逐漸往後退著。穿過天花板，再逐漸往後退。一直退出。淺井惠麗的身影也隨著逐漸變小，化成一個小點，終於消失。我們提高速度，就那樣倒退著穿過臭氧層。地球變小了，最後連那也消失了。視點從那虛無的真空中無止境地繼續後退。那動作無法控制。

一回神時，我們已經回到淺井惠麗的房間。床上沒有任何人。我們可以看見電視的畫面。畫面上只映著沙風暴而已。沙沙沙的刺耳雜音。我們暫時漫無目的地，注視著那沙風暴。
房間逐漸暗下來。光急速消失。沙風暴也消失。完全的黑暗來臨。

11

am

瑪麗和高橋並肩坐在公園的長椅上。位於都會正中央，形狀細長的，小公園。旁邊有老舊的國宅，在那一個角落裡設有供兒童遊戲的場所。有鞦韆、有蹺蹺板和飲水處，水銀燈正把周圍照得通明。黑黑的樹影在頭上伸出巨大的樹枝，旁邊種有密密的植栽。樹木掉下的落葉，厚厚的堆積起來幾乎看不見地面了，走在上面便發出劈哩啪啦脆脆的聲音。凌晨四點前的公園裡，除了兩個人之外沒有別的人影。白色的晚秋月亮，像銳利的刀片般掛在天空。瑪麗膝蓋上有一隻白色小貓，她正把用面紙包著帶出來的三明治餵給貓吃。小貓津津有味地吃著。她輕輕撫摸著小貓的背。另外有幾隻貓，從稍遠處看著那情景。

「我在『阿爾發城』工作的時候，休息時間就常常帶著給貓吃的東西，到這裡來摸摸貓。」高橋說。「現在一個人住公寓沒辦法養貓，所以很懷念觸摸貓的感覺。」

「你住在家裡的時候養過貓嗎？」瑪麗問。

「因為沒有兄弟姊妹，所以養貓來代替。」

「不喜歡狗嗎？」

「狗也喜歡哪。養過幾隻。不過貓更好。以我個人的喜好來說。」

「我沒有養過貓或狗。」瑪麗說。「因為我姊姊對動物的毛過敏，會不停地打噴嚏。」

「是這樣啊。」

「她從小就對很多東西過敏。對杉樹花粉、豬草、青魚、蝦子、剛漆過的油漆、還有很多東西。」

「剛漆過的油漆？」說著高橋皺起眉頭。「沒聽說過對這種東西過敏的。」

「不過反正就是這樣。實際上也會出現症狀。」

「什麼樣的症狀？」

「會出現蕁麻疹，沒辦法好好呼吸。支氣管會長像小泡泡的東西，這樣一來就非上醫院去不可了。」
「每次經過剛漆了油漆的地方就會這樣?」
「並不是每次這樣，不過偶而會。」
「偶而會就已經夠麻煩了。」
瑪麗默默地撫摸著貓。
「那妳呢?」高橋問。
「你是指過敏嗎?」
「對。」
「這方面我倒是沒有。」瑪麗說。「從來沒有生過病……。所以在我們家，姊姊是多愁善感的白雪公主，我是健康的牧羊姑娘。」
「因為一家不需要有兩個白雪公主。」
瑪麗點點頭。
高橋說:「不過，健康的牧羊姑娘也不錯啊。不用一一在意油漆什麼時候漆過了沒有。」
瑪麗看看高橋的臉。「事情也沒那麼簡單。」
「事情當然沒那麼簡單。」高橋說。「這個我也知道……嘿，妳覺得這裡會不會太冷？」

「不冷啊。沒問題的。」

瑪麗又撕一片鮪魚三明治，餵給小貓吃。小貓好像相當餓的樣子，專心地吃著。

高橋不知道該不該提這件事情，猶豫了一下。結果決定還是說。

「老實說，只有一次，我跟妳姊姊，兩個人深談過很長時間。」

瑪麗看看他的臉。「什麼時候？」

「今年四月左右吧。傍晚，我要找一張唱片就到Tower唱片行去的時候，就在那前面剛好遇到淺井惠麗。我一個人，她也一個人。我們很平常地站著談了一下，後來站著談不完，就到附近的咖啡廳去。剛開始只閒聊一些有的沒有的。就像高中同班同學好久沒見了，在路上遇見時，所會談的那些。誰怎麼樣了，這樣了之類的。不過後來，她提議我們換到什麼可以喝一點酒的地方吧，結果談到比較深入的私人話題。怎麼說呢，她好像有很多話想說的樣子。」

「深入的私人事情？」

「沒錯。」

瑪麗一臉不太能理解的表情。「為什麼她會對你談到那種話題呢？在我印象中你跟惠麗關係並沒有那麼親近。」

「當然妳姊姊跟我並不特別親近。兩年前，跟妳一起到那家飯店游泳池去的時候，可以說才第一次說些稍微像樣的話。連她是不是知道我的全名，我都很懷疑。」

瑪麗默默地繼續撫摸著膝上的貓。

高橋說：「不過，她當時一定是很想跟什麼人說話。本來那種事情，應該是跟親密的女孩子朋友談的。不過，妳姊姊可能沒有可以交心的女性朋友。所以才選了我當代替對象吧。碰巧是我。其實任何人都無所謂的。」

「不過為什麼是你呢？就我所知她從以前開始應該向來都不缺男性朋友的。」

「一定是不缺的。」

「可是碰巧在路上遇見你，也就是說對一個本來不太熟的對象，說出一直深藏在內心的私人事情。為什麼會這樣呢？」

「是啊……」高橋想了一下這個問題。「可能因為我看起來好像不太會有害處的樣子吧。」

「不會有害處？」

「我是說，暫時把心事說出來也不會有什麼威脅。」

「我不太明白。」

「也就是說，」高橋好像有點難以啟齒似地稍微停頓一下，「說起來有點奇怪，我有時候會被誤認為同性戀。在路上曾經被不認識的男人搭訕，邀約過。」

「事實上並不是這樣吧？」

「我想大概不是……。不過不管怎麼樣，從以前開始就常常有人向我坦白談到一些事情。無論男女，包括不太熟的人，有時候甚至是完全不認識的人，都會把莫名其妙的心裡秘密告訴我。為什麼呢？其實我並沒有特別想聽這種事情。」

瑪麗在腦子裡咀嚼他所說的話。然後說：「於是，惠麗就開始對你談起她心裡話了。」

「嗯。與其說是心裡話，不如說是她私人的事情。」

「例如，什麼樣的？」瑪麗問。

「例如……對了，比方家人的事情。」

「家人的事情？」

「例如。」高橋說。

「這裡面也包括我的事情嗎？」

「是啊。」

「怎麼樣的？」

高橋考慮一下該怎麼說。「例如……她想跟妳更親密一點。」

「想跟我更親密一點？」

「她覺得妳跟她之間，好像有意保持距離似的。從過了某個年齡開始就一直這樣。」

瑪麗用手掌輕輕抱住小貓。手裡感覺到那微小的溫暖。

「不過，一面保持適度的距離，人與人還是可以變得很親吧？」瑪麗說。

「當然。」高橋說。「當然這種事情也能辦到。不過對有些人來說覺得是適度的距離，對另一個人來說那距離卻太大了，可能也有類似這種情況。」

一隻茶色的大貓不知道從什麼地方走過來，把頭磨蹭著高橋的腳。他彎下腰摸摸那隻貓。然後從口袋裡拿出魚板，把塑膠袋撕開，把魚板餵給貓吃。貓津津有味地吃著。

「這就是惠麗的私人事情嗎？」瑪麗問。「換句話說，跟妹妹沒辦法很親的事嗎？」

「這是私人事情之一。不過不是只有這個而已。」

瑪麗沉默著。

高橋繼續說：「跟我談著話之間，淺井惠麗吃了各種各樣的藥。她那Prada的皮包裡塞滿了藥，一面喝著血腥瑪麗，一面像吃花生米那樣一顆接一顆地吃著藥。當然我想是合法的藥，不過就算是這樣，那量也不尋常噢。」

「她這個人很迷戀藥物。從以前就這樣，漸漸變得更嚴重了。」

「應該有人阻止她才好。」

瑪麗搖搖頭。「藥、算命、減肥——對她來說，是誰也阻止不了的。」

「我試著繞圈子說，要不要找專門的醫師談一談比較好。心理治療師或精神科醫師。不過她好像完全不打算去那種地方的樣子。不如說，她並沒有發覺，自己心裡發生了什麼事情。所以怎麼說呢，我也滿擔心的噢。有時候會想到淺井惠麗到底怎麼樣了。」

瑪麗一臉為難的樣子。「這種事情，自己打個電話直接去問她本人不就行了嗎？如果你真的那麼擔心惠麗的話。」

高橋輕輕嘆一口氣。「那麼這就又回到今天晚上我們最初的對話了，我打電話到妳家去，淺井惠麗出來接，我不知道，到底該怎麼說，該說什麼才好。」

「可是那時候，你們兩個人不是花很長時間，兩個人一面喝酒一面親密地談過了嗎？談到深入的私人事情。」

「嗯。那次是這樣沒錯，不過，雖然說談過，但實際上那時候我幾乎沒有說話，大多是她一個人在說，我只有搭腔而已。而且老實說，我覺得在現實上我能對她幫得上忙的事情，好像不多的樣子。也就是說，如果沒有私底下更深一層介入的話……的意思。」

「而且以你來說，並不想介入那麼深。」

「不如說……我想我沒有這個能力。」高橋說。伸出手為貓搔搔耳朵後面。

「可以說沒有那個資格吧。」

「如果說得容易懂一點的話，妳對惠麗關心得並沒有那麼深嗎？」

「如果說到這個，淺井惠麗對我的關心也不深。就像剛才說過的那樣，她只不過是想跟誰說說話而已。我對她來說，只要是能夠適度搭腔，就像多少有一點人性味的牆壁似的東西就行了。」

「不過那個歸那個，你對惠麗到底是不是深深關心，有還是沒有？如果以Yes或No來回答的話。」

高橋似乎猶豫起來，雙手輕輕互相摩擦。微妙的問題。非常難以回答。

「Yes，我想我是關心淺井惠麗的。妳姊姊，有非常自然地發出光輝的東西。這種特別的東西是她與生俱來的。例如說，我們兩個人一面喝著酒一面親密地談著話時，大家都在偷瞄我們。心想為什麼那樣的美女，會和像我這樣毫不出色的男人在一起呢？」

「可是——」

「可是？」

「好好想想看。」瑪麗說。「我問的問題是『你有沒有深深關心惠麗？』你的回答卻是『我想是關心的』。那裡卻少了深深這字眼。我覺得好像暫時擱置似的。」

高橋佩服地說：「妳真細心。」

瑪麗無言地等對方的話。

高橋稍微猶豫一下，不知道該怎麼回答。「可是……對了，跟妳姊姊面對面談很久的時候，我漸漸的，心情開始覺得不可思議起來。剛開始的時候還沒有注意到那不可思議的地方。不過隨著時間過去之後，開始可以確實地感覺到。怎麼說呢，感覺自己並不被包含在那裡似的。她雖然就那麼近在我眼前，可是同時，又遠在距離幾公里之外的地方。」

瑪麗還是什麼也沒說。一面輕輕咬著嘴唇，一面等著接下來的話。高橋花時間尋找適當的語言。

「總而言之，不管我說什麼，我的話都無法到達她的意識裡喲。我和淺井惠麗之間阻隔著一層透明的海綿地層似的東西，我口中說出去的話，在通過那裡時，大多的養分都被吸收掉了。真正的意思是，她根本沒有在聽我這邊說的話。我在說著之間，漸漸開始知道那個情況。於是接下來，她口中所說的話，也漸漸沒辦法好好傳達到我這裡來了。那真是非常奇怪的感覺。」

小貓知道鮪魚三明治沒有了之後，扭動著身體從瑪麗的膝上跳下地面。而且像用跳躍似的，跑進灌木叢深處去了。瑪麗把包三明治的面紙揉成一團放進包包裡。把沾在手上的麵包屑拍掉。

高橋看著瑪麗的臉。「我說的意思，妳明白嗎？」

「要說是明白嘛……」瑪麗說。然後停一口氣。「不如說你現在所說的事情，也許很接近我對惠麗一直感覺到的事情。至少這幾年之間。」

「好像說的話沒辦法好好傳達到，對嗎？」

「對。」

高橋把剩下的魚板，丟給靠近過來的其他貓咪。貓很小心地聞一聞那氣味之後，好像很興奮地大口貪婪地吃著。

「嘿，我有一個問題，你可以老實告訴我嗎？」瑪麗說。

「可以呀。」

「跟你一起到『阿爾發城』的那個女孩子，會不會就是我姊姊？」

高橋吃一驚抬起頭來，看著瑪麗的臉。就像在看小池的水面逐漸擴展出去的漣漪似的。

「為什麼這樣想呢？」高橋問。

「不知不覺間開始有一點。第六感吧。不對嗎？」

「不，不是淺井惠麗。是別的女孩子。」

「真的嗎？」

「真的。」

瑪麗想了一下。

「可以再問一個問題嗎？」瑪麗說。

「當然。」

「如果你跟我姊姊一起進去那家賓館，做了那件事情。以一種假定來說。」

「以一種假定來說。」

「以一種假定來說。而且假定，我還問你『你跟我姊姊一起進去那家賓館，做了那件事情吧？』以假定來說。」

「以假定來說。」
「那麼你想你會老實回答Yes嗎?」
高橋對這個稍微想了一下。
「我想不會。」他說。「可能會說No吧。」
「為什麼?」
「因為這牽涉到你姊姊的隱私問題。」
「類似保密義務嗎?」
「的一種。」
「那麼,『這個我無法回答』應該是正確的回答方法,不是嗎?如果那是保密義務的話。」
高橋說:「不過,如果我說『這個我無法回答』的話,以前後關係來看,事實上就會變成跟說Yes一樣了。是這樣對嗎?這就變成了間接的過失,有意的疏忽了。」
「所以不管怎麼樣,答案都是No對嗎?」
「理論上是。」
瑪麗仔細觀察對方的臉說:「嘿,對我來說答案是什麼都無所謂喲。就算你跟惠麗睡了。只要那是她所要的。」

「淺井惠麗要什麼，我想恐怕連她自己都不太能掌握吧。不過這件事情別再提了。因為不管理論上也好，現實上也好，跟我到『阿爾發城』去的都是別的女孩子，並不是淺井惠麗。」

瑪麗輕輕嘆一口氣。然後稍微停一段時間。

「我也想如果能跟惠麗親一點就好了。」她說。「尤其在十幾歲剛出頭的時候常常這樣想。希望當姊姊最親密的朋友。當然也有類似仰慕的成分在內。不過那時候的她，忙得不得了。從那時候開始，就在當少女雜誌的模特兒，而且也上各種才藝課程，身邊總是圍著一堆對她縱容奉承的人。我實在插不進去。換句話說，當我想要那個的時候，惠麗沒有餘裕來回應我的要求。」

高橋沉默地聽著瑪麗說。

「我們雖然身為姊妹，從生下來就一直住在同一個屋簷下，可是成長的世界實際上卻相當不同。就拿吃東西這件事情來說，都不一樣。她不是對各種東西都過敏嗎？所以她吃的是特別為她準備的跟別人不同的食物。」

稍微停頓一下。

瑪麗說：「我並不是在責怪誰喲。雖然覺得我母親過分寵愛惠麗了，不過現在怎麼樣都無所謂了。我想說的是，總之我們之間有過那樣的歷史，或歷程之類的。因此現在，說想更親密一點，讓我坦白說，該怎麼辦我也說不上來。這種感覺你懂嗎？」

「我想我懂。」

瑪麗什麼也沒說。

「和淺井惠麗談著的時候我忽然想到，」高橋說：「其實她對妳，也許一直懷有類似自卑感吧。可能從很早以前就開始了。」

「自卑？」瑪麗說。「惠麗對我？」

「對。」

「不是相反嗎？」

「不是相反。」

「你為什麼這樣想？」

「也就是說，身為妹妹的妳，經常能確實掌握自己想要的東西的形象。該說No的時候，可以清楚地說出來。以自己的步調確實地一步一步往前走。可是淺井惠麗卻沒辦法這樣。扮演好人家分派給她的角色，滿足周圍的人，似乎已經成為她從小到大的工作了。如果借用妳的話來說，也就是她一直努力扮演好美麗的白雪公主的角色。確實可能受盡周圍人的縱容奉承，不過我想那有時候可能也很累人吧。在人生最重要的時期，卻無法好好奠定所謂的自我。如果說自卑這個用語太強烈的話，換句話說，就是她可能很羨慕妳。」

「惠麗這樣對你說嗎？」

「沒有。我把她所說的事情相關的周邊部分收集歸納起來，現在我這樣想像。我想應該八九不離十。」

「不過，我想這有點誇張。」瑪麗說。「確實，我也許比惠麗，某種程度一直過著比較獨立的生活方式。這點我知道噢。不過以結果來說，在這裡現實上的我，是小得微不足道的，幾乎沒有任何力量的。知識不夠、頭腦不太靈光，長得又不漂亮，也沒有人認為我特別重要。這樣說起來，我也沒有好好奠定起所謂自我呀。在狹小的世界裡，腳步經常飄飄忽忽的。這樣的我，到底有什麼地方可以讓惠麗羨慕的？」

「對妳來說，現在還像在準備期間。還不能那麼簡單地下結論。大概屬於需要花時間的類型吧。」

「那個女孩也是十九歲。」瑪麗說。

「那個女孩？」

「在『阿爾發城』的房間裡被陌生男人毆打，衣服和所有的東西都被剝光，赤身裸體流著血的中國女孩。很漂亮的女孩。可是那個女孩所住的世界裡可沒有什麼準備期間。是不是屬於需要花時間的類型，誰也不會為她考慮。對嗎？」

高橋無言地承認。

瑪麗說：「我從第一眼看見她的時候，就覺得想跟那個孩子做朋友。非常強烈。而且我們，如果在別的場合，在不同的時間遇到的話，我想一定可以成為好朋友。我不太對誰有過這種感覺喲。與其說不太有，不如說完全沒有。」

「嗯。」

「不過再怎麼這樣想，我們所住的世界卻太不同了。那實在是我所無能為力的事情。不管我多努力。」

「說得也是。」

「不過，我們只見面非常短的時間，幾乎沒說什麼話，可是我覺得那個女孩子，好像現在已經住進我心裡了似的。好像她已經變成我的一部份了似的。我沒辦法適當形容。」

「妳可以感覺到那個女孩子所受到的痛苦。」

「也許是這樣。」

高橋在深思著什麼。然後開口。

「我倒想到一點，如果這樣想的話妳覺得怎麼樣？也就是說，妳姊姊不知道在什麼地方，不過正在另一個類似『阿爾發城』的地方，受到什麼人無意義的暴力。而且正發出無言的哀嚎，流著看不見的血。」

「這是比喻性的意思？」

「也許。」高橋說。

「你跟惠麗談過話，得到這樣的印象嗎？」

「她一個人獨自為各種煩惱所困，沒辦法往前進，正在求救。而且藉著傷害自己，來表現這種心情。這與其說是印象，不如說是更清楚的感覺喲。」

瑪麗從長椅上站起來，仰望夜晚的天空。然後走到鞦韆那邊坐下來。黃色的運動鞋踏在枯葉上發出脆脆的聲音，誇張地響徹週遭。她好像在確認鞦韆的粗繩子牢不牢似地，觸摸了一會兒。高橋也從長椅上站起來，走過落葉上，來到瑪麗旁邊坐下。

「惠麗現在，正在睡覺噢。」瑪麗好像透露祕密似地說。「睡得非常深。」

「大家都睡了啊，現在這個時刻。」

「不是這個意思。」瑪麗說。「她不想醒來喲。」

12

am

白川正在工作的辦公室。

白川上半身赤裸地躺在地上，在瑜珈墊子上做著仰臥起坐。襯衫和領帶披在椅背上，眼鏡和手錶排放在桌上。身體雖然瘦，胸部卻很厚實，胴體周圍完全沒有一點多餘的贅肉。肌肉結實地隆起。赤裸的他，和穿著衣服時候的印象相當不同。一面深沉而簡潔地呼吸，一面以很快的速度坐起身體，往左右彎曲。胸部和肩膀冒出細細的汗，在日光燈的照明下閃著光。桌上的手提ＣＤ音響正播放著阿薩瓦（Brian Asawa）演唱、亞歷山大·史卡拉第所寫的清唱劇。那舒暢的節奏和身體激烈的動作雖然感覺像異質性的東西，但他正配合著音樂的節奏，微妙地控制著身體的動作。在深夜工作結束後，回家之前，在辦公室地板上一面聽著古典音樂，一面做著一連串孤獨的運動，似乎已經成為他日常的習慣了。那動作是有系統的，充滿自信的。

做完一定次數的伸屈運動之後，把瑜珈墊子捲起來收進櫥子裡。從架子上拿出白色洗臉毛巾和塑膠盥洗袋，帶進洗手間。上半身依然赤裸著，用肥皂洗臉，用毛巾擦乾，然後把身上的汗擦掉。每一個動作都仔細地做。因為他讓洗手間的門敞開著，因此史卡拉第的詠歎曲在這裡也可以聽得見。他配合著那十七世紀所作的音樂，時時哼唱起來。從盥洗袋拿出小瓶的體香劑來，輕輕噴在腋下。臉湊近去確認一下氣味。然後右手指張合了幾次，試著做了幾個動作，確認手背的腫脹。腫的程度並不明顯。不過似乎還留下不輕的疼痛的樣子。

他從袋子裡拿出小梳子來整理頭髮。髮際有一點後退，不過額頭的形狀還不錯，所以並沒有什麼衰老的印象。戴上眼鏡，扣上襯衫的扣子，打上領帶。淺灰色的襯衫，深藍色佩絲麗（Paisley）螺旋花紋領帶。一面對著鏡子，一面把襯衫的領子拉挺，調整領帶的領結底部。

白川檢視著洗手間鏡子裡映出的自己的臉。臉上的肌肉不動，長時間以嚴厲的眼光凝視著自己。雙手放在洗臉台上。停止呼吸，也不眨眼。那樣子的話，或許會出現什麼別的東西，他心裡有這樣的期待。讓一切感覺客體化，讓意識平板化，理論暫時凍結，盡量停止時間的進行。這是他正要做的事情。把自己這個存在，盡可能溶進背景裡去。故意讓一切看起來像中立的靜物畫一樣。

不過儘管努力消滅動靜，別的東西並沒有出現。鏡中他的姿影，依然只不過是和現實一樣的他的姿影。只是原樣的反映而已。他放棄地深深吸進一口氣，讓肺裡充滿新的空氣，重新站直身體姿勢。他讓肌肉力量放鬆，大大地轉動幾次頭。然後把拿出在洗臉台上的私人東西，再度收進塑膠盥洗袋裡。把擦過身體的毛巾揉成一團，丟進垃圾箱。出去的時候把洗手間的燈關掉。門關上。

白川出去以後，我們的視點依舊留在洗手間，以固定的攝影機，繼續拍攝黑暗的鏡子。鏡中還映著白川的身影。白川——或者該稱為白川的影像吧——從鏡子裡，看著這邊。他的表情不變，沒有動。只是筆直地凝視著這邊。不過終於放棄了似地身體肌肉放鬆下來，喘一口大氣，轉動脖子。然後舉起手到臉上，撫摸幾次臉頰。好像要確認那上面有肉體的感觸似的。

白川在桌子前面一面思考著什麼，一面把銀色刻有商標的鉛筆夾在手指間團團轉著。和淺井惠麗醒來時，掉在房間地上的鉛筆一樣。上面有 veritech 的名字。尖端磨圓了。把玩了一下那鉛筆之後，放在筆盤旁邊。筆盤上排放著六支同樣的鉛筆。其他的鉛筆，是尖得不能再尖的銳利。

他開始準備回家。要帶回家的文件放進茶色的皮包，穿上西裝上衣，將盥洗袋收回櫃子裡，把放在那旁邊地上的一個大購物袋，拿到自己桌上。並在椅子上坐下來，把袋子裡的東西一件一件拿出來檢查。這是他在「阿爾發城」從中國應召女身上，剝下來的衣服。

奶油色的薄外套，紅色低跟皮鞋。鞋底已經磨出歪斜的痕跡。上面釘有珠片的深粉紅色圓領毛衣，刺繡的白襯衫，藍色迷你窄裙。黑色褲襪。色調鮮豔的粉紅色內衣褲。上面附有看來就像化學纖維的便宜蕾絲。這些衣服給人的印象，與其說是性感，不如說是一種令人悲哀的感覺。襯衫和內褲上沾有發黑的血跡。便宜的手錶。黑色人造皮的皮包。

拿起這些東西一一檢查時，白川臉上始終露出「這些東西為什麼會在這裡？」的神情。含著微量不快的，訝異表情。當然，他還完全記得在「阿爾發城」的一個房間裡自己做了什麼樣的事情。就算想要忘記，右手的疼痛應該也會讓他想起來。雖然如此，在那裡的一切事物，在他眼裡看來，幾乎都顯得不具有正當意義。是沒有價值的廢棄物。本來就不該侵入他的生活的那種東西。然而作業還是在無感覺，但符合他的細心度中繼續著。他繼續進行發掘著最近的那個過去所留下的難看遺跡。

他把皮包的扣扣打開，把裡面的東西全部倒在桌上。有手帕、面紙、粉盒、口紅、眼線筆、其他幾件瑣碎的化妝品。喉糖。小瓶凡士林和保險套包裝。兩個衛生棉條。防色狼的小型催淚瓦斯（白川很慶幸，她沒有足夠的時間把那個拿出皮包）。便宜的耳環。OK絆。放有幾顆藥丸的藥盒子。咖啡色的皮夾子。皮夾裡有他一開始就給她的三張一萬圓鈔票，另外還有幾張千圓鈔和一些零錢。其他還有電話卡和地下鐵票卡。美容院的折扣券。裡面沒有放任何可以辨認身份的東西。白川猶豫了一下，把錢抽出來放進長褲口袋裡。反正是自己給她的錢。只是拿回來而已。

皮包裡也放著一支小型摺疊式手機。預付卡的行動電話。沒辦法追蹤電話的主人。電話設有語音信箱。他打開電源開關，試著按下收聽按鈕。裡面有幾通留言，但全都是中國話的留言。同一個男人的聲音。聽起來像是說話速度很快的責罵聲。留言本身很短。當然他無法理解內容。不過還是全部聽完裡面的留言之後，才把語音信箱關掉。

他找來一個紙袋，把手機之外的東西全部塞進去，壓小之後緊緊綁住袋口。

又把那放進垃圾袋，將裡面的空氣確實壓出來之後再把袋口綁緊。只把手機和其他東西分開，放在桌上。他拿起那手機來，看了一會兒，又再放回桌上。好像在考慮，該怎麼處理才好。也許有什麼用處，不過還沒有結論。

白川把CD音響的開關切掉，放進書桌最下面那個很深的抽屜裡，鎖起來。用手帕仔細地擦擦眼鏡的鏡片，然後拿起桌上的電話打給計程車公司。報了公司名稱和自己的名字，請一輛計程車，十分鐘之後到門口來。穿上在掛衣帽架上的淺灰色風衣外套，把剛才放在桌上的女人的行動電話塞進口袋。手上提著公事包和垃圾袋。站在門口眺望整個房間，確定沒有問題之後把燈關掉。天花板全部日光燈都熄滅之後，室內也不會完全變暗。街燈和招牌的光線從百葉窗的縫隙透進來，隱約照出房間內部。他關上辦公室門，走出走廊。一面發出硬硬的皮鞋聲音一面在走廊走著，打了一個大呵欠。彷彿在說，沒什麼變化的一天這下子總算結束了。

搭電梯下樓，打開進出的大門，從外面上鎖。吐出的氣息完全變成白色。等了一下，立刻有一輛計程車開過來。中年司機搖下駕駛座的窗戶，確認白川的名字。然後若無其事地看一眼白川手上提著的塑膠垃圾袋。

「不是生鮮垃圾不會發臭的。」白川說。「而且，順道在附近馬上就丟掉。」

「沒關係，請上車。」司機說著，打開車門。

白川上了計程車。

司機對著鏡子開口說話。「先生，抱歉，以前好像也載過您噢。同樣是這個時間，到這裡來接。嗯，您住在江古田那邊對嗎？」

「哲學堂。」白川說。

「對了對了，是哲學堂。今天也到那裡好嗎？」

「好啊，是好是壞，反正只有那裡可以回去。」

「回去的地方能固定在一個地方，很方便真好。」司機說。然後開動車子。

「不過真辛苦啊，經常都工作到這個時候嗎？」

「因為不景氣呀，薪水不加，只有加班時間增加。」

「這邊也差不多。少賺的份，就不得不以延長工作時間來補。不過啊，您加班光是計程車費能由公司支付，就已經算是好的了。說真的。」

「因為，叫人家工作到這個時候，如果不付計程車費的話就回不了家了。」

白川說著苦笑。

然後他忽然想起來。「……啊對了。差一點忘了。請在前面那個十字路口往右轉，在7-11超商前面停一下好嗎？我太太要我買一點東西。馬上就好。」

司機朝著車上的後視鏡開口說：「先生，在那邊右轉的話是單行道，會繞一點路。要是其他便利商店的話，途中還有幾家，那邊不行嗎？」

「她要我買的東西，可能只有那家有賣。而且這垃圾也想早一點丟掉。」

「好啊。我倒無所謂。只是跳錶可能會多跳，還是事先問過您比較好。」

司機在十字路口往右轉繼續前進開一會兒，在適當的地方停下車打開車門。

白川把皮包放在車上，就拿著垃圾袋下車。7-11超商前面堆積著幾個垃圾袋。他把帶來的垃圾袋疊放在那上面。和其他許多同樣的塑膠袋夾雜在一起，那一袋轉瞬間就失去了特徵。到早晨，垃圾車應該會來處理。因為裡面沒有生的東西，袋子應該也不會被玻璃割破。他最後再看一眼堆得高高的垃圾袋山之後，就走進店裡。

店裡沒有客人的影子。負責收銀的年輕男子，正用手機在專心談話中。音樂正播著南方之星樂團（Southern All Stars）的新曲。白川直接走到牛奶貨架前，拿起Takanashi的低脂牛奶盒。確認過賞味期限的日期。沒問題。順便買了一瓶塑膠大容器裝的優格。然後忽然想起來，從風衣口袋拿出中國女人的行動電話。環視周圍一圈，確定誰也沒有看見之後，把那排放在乳酪盒旁邊。銀色的小電話，安置在那裡自然得不可思議的程度。簡直就像從很久以前開始就在那裡了似的。那脫離了白川的手，成為7-11的一部分。

在收銀台付過帳，快步走回計程車。

「買到了嗎？」司機問。

「買到了。」白川說。

「那麼現在開始，一路直接到哲學堂。」

「也許會睡一下也不一定，到附近的話麻煩叫醒我好嗎？」白川說。「路邊有一家昭和殼牌的加油站，就在那前面一點。」

「知道了，您請好好休息。」

白川把裝了牛奶和優格的塑膠袋放在皮包旁邊，交叉雙臂閉上眼睛。可能沒辦法睡吧。不過到家為止，也不想跟司機像這樣繼續閒聊下去。他一直閉著眼睛，決定只想一些不傷神的事情。日常的事情、沒有深刻意義的事情。或者只是單純的觀念性事情。然而卻想不起任何一件事情。在一片空白中，只感到右手隱隱作痛。配合著心臟的鼓動而陣陣疼痛，像海鳴般在耳朵裡響著。他想，真不可思議。海明明在很遠的地方才有啊。

白川所搭的計程車，在往前開一點的地方遇到紅燈停下來。是一個寬闊的十字路口，長時間的紅燈。計程車旁邊，有一輛中國男人騎著的黑色本田機車也同樣在等紅綠燈。兩個人之間只有大約一公尺的距離而已。但騎機車的男人，筆直看著前方，並沒有注意到白川。白川深深沉坐在椅子上，閉著眼睛。側耳傾聽著遠方虛構的海鳴。紅色號誌燈轉成綠色，機車就那樣疾駛而去，往前直衝。計程車為了不吵醒白川而安靜地啟動，向左轉離開了鬧區。

13

am

沒有人影的深夜公園裡的兩座鞦韆上，瑪麗和高橋並排坐著。高橋看著瑪麗的側臉。他臉上露出不太能理解的表情。繼續著剛才的話題。

「她不想醒來？」

瑪麗什麼也沒說。

「那是怎麼回事？」他問。

瑪麗一時還無法下決定似的，默默看著腳下。她還沒有心理準備去說出那件事。

「……嘿，要不要走一下？」瑪麗說。

「可以呀。走吧。走路是好事。慢慢走，多喝水。」

「你說什麼？」

「這是我的人生座右銘。慢慢走，多喝水。」

瑪麗看看他的臉。好奇怪的座右銘。不過並沒有特別說出感想，也沒有問他。她從鞦韆站起來開始走，高橋也跟在後面。兩個人從公園出來，往街上明亮的方向走去。

「妳等一下還要回到Skylark去嗎？」高橋問。

瑪麗搖搖頭。「在家庭式餐廳一直讀著書，也開始覺得不太自在了。」

「好像可以理解。」高橋說。

「可以的話，我想再到『阿爾發城』去看看。」

「我送妳過去。反正離練習場所很近。」

「薰姐雖然說，隨時都可以去，不過會不會麻煩人家呢？」瑪麗說。

高橋搖搖頭。「她嘴巴雖然壞，不過倒是個坦率的人。如果她說過隨時都可以去的話，那就表示隨時都可以去。妳就當做這樣來接受沒關係。」

「嗯。」

「再說，這個時間店裡反正非常空閒。我想妳去玩她們會很高興的。」

「你還要去樂團那邊練習對嗎？」

高橋看看手錶。「參加通宵練習，這恐怕也是最後一次了，我想再加把勁好好地賣力練一下。」

兩個人回到城市的中心。到了這個時刻之後，路上果然幾乎沒有行人了。半夜四點，是都市最清靜的時刻。路上散亂著各種東西。啤酒鋁罐、被踐踏過的晚報報紙、被壓扁的紙箱、寶特瓶、煙蒂。汽車尾燈的碎片。單隻白色粗棉工作手套。不明來路的折扣券。嘔吐後留下的殘渣。一隻髒兮兮的大貓正熱心地嗅著垃圾袋的氣味。想在被老鼠們搶先侵入之前，還有黎明時分獰猛的烏鴉們來獵食之前，先確保下自己該得的一份。霓虹燈也已經熄滅了大半，通宵營業的便利商店燈光變得格外醒目。路邊停著的車輛雨刷上，散亂地夾著好幾張廣告傳單。附近的幹線道路上大型卡車通過的聲音不斷地傳來。對卡車司機們來說，道路空蕩蕩的現在，才是最能跑長距離來賺錢的時間帶。瑪麗將紅襪隊的棒球帽戴得很低。雙手插進運動夾克的口袋。並排走著時，兩個人的身高差別相當大。

「妳為什麼要戴紅襪隊的帽子呢？」高橋問。

「因為人家送的。」瑪麗說。

「妳不是紅襪隊的球迷嗎?」

「我完全不懂棒球。」

「我對棒球也不太有興趣。說起來我比較迷足球。」高橋說。「還有，關於妳姊姊的事。剛才說的。」

「嗯。」

「雖然我不太清楚，不過就是，妳說淺井惠麗完全不會醒來的事情，到底是怎麼回事?」高橋問道。

瑪麗以抬頭仰望的姿勢對他說：「很抱歉，那件事情我不想像這樣一面走一面談。事情有一點微妙。」

「明白。」

「談談別的吧。」

「談什麼?」

「什麼都可以。談談你的事吧。」瑪麗說。

「我的事?」

「對。關於你的事。」

高橋想了一下。

「我想不到什麼開朗的事情。」

「沒關係。灰暗的也行。」

「我母親，在我七歲的時候死去。」他說。「乳癌。因為發現得晚，所以從發現到死去只經過三個月而已。才不過一轉眼之間。惡化得很迅速，也來不及做正規的完整治療。在那前後我父親一直在監獄裡。就像我剛才說過的那樣。」

瑪麗再抬頭看高橋。

「你才七歲，你的母親就得乳癌去世，而你父親在那段時間卻在監獄裡？」

「就是這樣。」高橋說。

「換句話說，你變成一個人孤零零的。」

「沒錯。父親因為詐欺罪被逮捕，判了兩年刑。好像弄了老鼠會，或是搞了類似的把戲。詐欺金額也相當高，而且他年輕時候曾經參加學生運動組織，當時有過幾次被逮捕的前科，所以沒辦法獲得緩刑。他被懷疑是不是為組織吸金。其實並沒有關連。我還記得母親帶著我到監獄去會面呢。相當冷的地方噢。父親被關進監獄半年之後，母親被檢查出乳癌，只好立刻住院。換句話說，我暫時變成孤兒。父親在監獄，母親在醫院。」

「在那期間誰照顧你呢？」

「我後來聽說的，住院費和生活費是父親的老家幫忙出的。雖然父親跟老家處不好，長久處於沒來往的絕緣狀態，不過畢竟不能丟下七歲的孩子不管他死活吧。親戚中一個伯母，雖然不太願意的樣子，不過每隔一天還會來看我。附近的鄰居也輪流照顧我。幫我洗衣服、買東西、做吃的送來給我。我們那時候住在老街，也許幸虧那樣。那一帶還留有街坊鄰居守望相助的機能。不過大多的事情我覺得好像是我自己一個人做的。自己做簡單的吃的，自己準備好去上學……。不過那些，只模糊記得一點而已。覺得好像是遙遠的別人的事情似的。」

「你父親是什麼時候回去的？」

「母親死掉，大概過了三個月以後吧。因為情況已經這樣了，所以被酌情提早假釋出來。這雖然是理所當然的事，不過父親能回來我真是好高興噢。因為不再是孤兒了啊。畢竟他是個高大有力的人。可以讓我安心。父親回來的時候，穿著舊西裝外套，手摸起來粗粗的布料感觸，和那上面滲著的香煙氣味，到現在我都還記得很清楚。」

高橋把手從口袋伸出來，輕輕摸幾次脖子後面。

「可是，跟父親重逢後，並不能發自心底感到安心。我沒辦法適當說明，不過每件事情在我心裡並不能夠收拾得那麼安穩妥貼。怎麼說呢，我一直覺得自己會不會只是被人家隨便哄騙應付著而已呢？也就是說，真正的父親其實已經永遠消失到什麼地方去了，為了勉強湊合，才把另外一個人暫時當作是我父親送回到我這裡來的。類似這種感覺喲。妳能瞭解嗎？」

「好像有一點。」瑪麗說。

高橋沉默了一會兒，停頓下來。然後接著說：

「換句話說，我當時這樣覺得。我父親不管發生什麼事情都不應該丟下我一個人不管。不該讓我在這個世界上當一個孤兒。不管有什麼情況，都不該進什麼監獄裡去。所謂監獄到底是個什麼樣的地方，當時我當然還沒辦法正確理解。因為才七歲呀。不過大概知道那可能是個像巨大壁櫥一樣的地方。暗暗的、可怕的、不祥的地方。父親本來就不應該到那樣的地方去。」

高橋話在這裡打住。

「妳父親進過監獄嗎？」

瑪麗搖搖頭。「我想沒有。」

「母親呢？」

「我想沒有。」

「那是很幸運的事情噢。對妳的人生來說是比什麼都幸運的事情。」高橋說。然後微笑著。「雖然我想妳可能沒有發覺。」

「我倒是沒有這樣想過。」

「一般人不會想。但我會想。」

瑪麗瞄一眼高橋的臉。

「……那麼後來，你父親就沒有再進過監獄了嗎？」

「後來我父親就沒有再發生任何法律上的問題了。不，也許發生過。或者該說，我想一定發生過。因為他是一個沒辦法在世間筆直走的人。不過倒是沒有被捲進必須回到監獄那樣嚴重的事情。大概已經很怕再進監獄了吧。或者他對我死去的母親和我，也多少感覺到他該負的責任了。總之他雖然身處於相當灰色的地帶，不過總算成為一個堅強的實業家。到目前為止經歷過相當極端的大起大落，我們家曾經有一段時期變得相當有錢，有一段時期則窮到谷底。簡直就像每天都在坐雲霄飛車似的。曾經坐過有司機的賓士汽車，曾經連一輛腳踏車都買不起。也曾經半夜搬家逃避討債的人。一直無法在一個地方安定住下來過日子，我幾乎每半年就轉學一次。當然也交不成什麼朋友。到上中學為止大多像這個樣子。」

高橋再度把雙手插進大衣口袋裡，搖搖頭把灰暗的記憶甩開。

「不過現在倒是安定在一個馬馬虎虎的地方。因為他算是屬於團塊世代的，所以還算滿有韌性的。就像滾石樂團的主唱米克・傑格（Mike Jagger）也能得到Sir的稱號那樣的世代。一面踩在快要跌跤完蛋的邊緣地帶一面生存下來。就算不反省，卻也學到了些教訓。父親現在正在做什麼樣的工作，我不太清楚。我這邊既不會問他這種事情，他那邊也不會主動說明。總之只有學費會幫我按期確實繳納。心血來潮的時候也會不定期的補給我一筆零用錢。世上有些事情還是不知道比較好噢。」

「你父親再婚了對嗎？」

「在我母親死掉四年後。畢竟，他不是一個能夠光憑男人一手把孩子帶大，那樣堅強的類型。」

「你父親跟新的太太之間，沒有孩子嗎？」

「嗯，只有我一個孩子而已。也因為這樣，她真的是把我看成自己的孩子一樣地扶養。這件事情我很感激喲。所以問題在我自己身上。」

「什麼樣的問題？」

高橋微笑地看著瑪麗。「換句話說，曾經一度成為孤兒的人，到死都還是孤兒。我常常做同樣的夢。我還是七歲，又變成孤兒了。一個人孤零零的，沒有一個大人可以依靠。時刻是傍晚，週遭一刻一刻地暗下來。夜晚馬上就要來臨了。

經常都作這同樣的夢。在夢裡，我總是回到七歲。說起來這種軟體呀，一旦被污染過之後就沒辦法換掉了。」

瑪麗只是沉默著。

「不過這種麻煩事，平常我盡量不去想。」高橋說。「因為一一去想也沒辦法啊。從今天到明天，只能極普通地活下去。」

「只要多走路，慢慢喝水就行了對嗎？」

「不對。」他說。「是慢慢走，多喝水。」

「其實好像哪一個都無所謂。」

關於這個，高橋在腦子裡認真地檢討。「說得也是，或許是這樣。」

兩個人除此之外沒有再說什麼。只默默地移動腳步。一面吐著白色的氣息一面走上陰暗的階梯，來到「阿爾發城」前面。那華麗的紫色霓虹燈，對瑪麗來說現在甚至感覺令人懷念。

高橋在旅館門口站定下來，以不尋常的認真眼光從正面看著瑪麗的臉。「有一件事情我必須對妳坦白。」

「什麼？」

「我的想法跟妳一樣噢。」他說。「不過今天不行。因為我沒有穿乾淨的內衣。」

瑪麗啼笑皆非地搖著頭。「真累人，你可以少來這種沒意義的笑話嗎？」

高橋笑了。「六點鐘左右我會來這裡接妳。如果可以的話我們一起吃個早餐吧。附近有一家餐廳煎蛋很好吃。熱騰騰的嫩嫩的煎蛋……嘿，煎蛋這種食物，妳認為有什麼問題嗎？例如基因改造啦，組織性虐待動物啦，政治不正確啦…………」

瑪麗考慮一下。「政治方面我倒不清楚，不過如果雞有問題的話，當然，蛋應該也有問題吧。」

「真傷腦筋。」高橋皺起眉頭。「我喜歡的東西總是都有問題的樣子。」

「不過我也喜歡煎蛋。」

「那麼就在某個地方找出妥協點來。」高橋說。「這可是特別好吃的煎蛋噢。真的。」

他揮揮手一個人往練習場走。瑪麗重新戴上帽子，走進旅館的玄關。

14

am

淺井惠麗的房間。

電視開關是打開的。穿著睡衣的惠麗，從電視畫面內側，看著這一邊。瀏海掉在額頭上，她搖搖頭把那拂開。她在玻璃的那一邊把雙手的手掌緊緊貼在玻璃上，正朝著這一邊說著什麼。就像迷路誤闖進水族館空水槽裡的人，透過厚厚的玻璃，對觀眾訴說著窘境一樣。但是那聲音並沒有傳到我們耳朵裡來。她的聲音無法震動這邊的空氣。

看得出惠麗還有某一些地方，感覺還是麻痺的。手腳好像還不太能聽話地使上力氣的樣子。實在睡太久、睡太深的關係吧。或者她正努力想要盡量理解，自己所置身的那種不可解的狀況。雖然一面感到混亂、迷惑，卻一面正在盡全力設法掌握、認知那個場所成立的理論或基準之類的東西。那種心情透過玻璃傳了過來。

惠麗並沒有大聲喊叫。也沒有激烈地訴說什麼。看來好像已經對大聲喊叫和激烈訴說感到疲倦了似的。反正她的聲音傳不到這邊來，她自己也知道這個。

現在她想做的，是把自己的眼睛在那裡所捕捉到的，自己的感覺在那裡所感知到的，盡可能確切地轉換成容易了解的語言。那語言變成一半在對我們發出，一半在對她自己發出。當然不是簡單的工作。嘴唇只有緩慢地，斷續地動著而已。簡直像在說外國語時那樣，所有的句子都很短，語言和語言之間產生不均勻的空白。空白把應該在那裡的意思拉長、沖淡。在這一邊的我們雖然拼命睜大眼睛仔細看，不過連淺井惠麗的嘴唇形狀所形成的語言，和她的嘴唇所形成的沉默都難以分辨出來。現實正像計時沙漏的沙一般，從她纖細的十根手指之間逐漸漏掉。在那裡，時間並不站在她那一邊。

她終於對於向外訴說感到疲倦，像要放棄了似地閉上嘴唇。在那裡，沉默之上，又再蓋上新的沉默。然後她用拳頭從內側，試著輕輕鼕鼕地敲著玻璃。想嘗試看看能做點什麼。但那聲音也完全傳不到這邊來。

惠麗的眼睛似乎可以透過電視玻璃看見這一邊的情景。從視線的移動情形可以推測出來。她似乎正在用眼睛一件一件地追逐著（這一邊的）自己房間裡所有的東西。桌子、床和書架。這個房間是她的地方，本來，她應該屬於這裡的。應該安然沉睡在擺在這裡的床上的。但現在的她，卻無法穿過那透明的玻璃牆，回到這邊來。不知道因為什麼作用，或因為什麼意圖，就在她熟睡之間被移到那邊的房間，被嚴密地幽禁在那邊了。她的兩顆眼珠，像安靜映在湖面的灰色的雲那樣，正浮出孤獨的顏色。

很遺憾（可以這樣說吧），我們對淺井惠麗，什麼忙也幫不上。雖然聽來像重複似的，不過我們只不過是視點而已。不管以任何形式，都無法干涉到實際的狀況。

但是──我們想──那個沒有臉的男人到底是誰呢？他到底對惠麗做了什麼？還有他到底到什麼地方去了呢？

這些疑問依然沒有得到解答，電視畫面突然開始失去平衡。電波嘩啦一下亂起來。淺井惠麗的輪廓有點糊掉，細細地震動著。她發現自己的身體正奇怪地開始變化，回頭看看周圍。仰望天花板，俯視地板，然後看著自己正在搖晃的雙手。注視著那逐漸失去的清晰鮮明輪廓。她臉上露出不安的表情。到底正在發生什麼事情？嘰咿咿咿咿那惱人的雜音再度提高。可能某個遙遠的山丘上，又吹起了強風吧。連接兩個世界的線路，接點正遭到激烈的搖晃。因此她存在的輪廓也正要受到損傷。實體的意義繼續被侵蝕著。

「快逃啊！」我們終於出聲喊出來。不禁忘記必須保持中立的規則。那聲音當然傳不到她那裡去。不過惠麗自己已經察覺到危險了，正想從那裡逃出來。腳步急切地往什麼方向跑。大概是門的方向。她的身影從攝影機的視野上消失了。畫面影像急速失去了方才的清晰，開始歪斜，形狀瓦解崩潰。映像管的光線逐漸變淡下去。逐漸縮小成四方形的小視窗，越來越小最後完全消失。所有的情報化為烏有，場所被撤掉，意思被解體，世界被分隔，最後只剩下沒有感覺的沉默。

另一個場所的另一個時鐘。掛在牆上的圓形電子鐘。針指著四時三十一分。這是白川家的廚房。白川以解開襯衫最上面的扣子、領帶鬆開的姿勢，一個人坐在餐廳的餐桌前，用湯匙舀著原味優格吃。沒有拿小碟子裝，就用小湯匙插進塑膠容器裡，舀起來直接送進口中。

他正看著放在廚房的小型電視。優格容器旁邊有遙控器。電視畫面映出海底的映像。奇形怪狀的各種深海生物。醜陋的、美麗的。捕食的，被捕食的。載滿高科技器材的小型研究用潛水艇。強力的投光燈，精密的機器手。名稱叫做《深海生物》的自然紀錄影片節目。聲音被消音了。他一面把優格送進嘴裡，一面面無表情地追蹤著電視畫面的動態。但他腦子裡卻在想著跟那不同的事情。尋思著理論與作用的相互關係。是理論產生作用的呢，還是作用的結果帶來理論的呢？他的眼睛雖然追蹤著電視畫面，其實卻在看著遠比畫面更後面的東西。可能是遠在那一公里或兩公里之後的什麼。

他看看牆上的鐘。針指著四點三十三分。秒針平滑地在數字盤上轉著。世界正不間斷地、連續地進行下去。理論和作用毫無縫隙地連動著。至少現在是這樣。

15

am

電視畫面依然正播映出《深海生物》。但不是白川家的電視。畫面大得多了。這是放在「阿爾發城」旅館房間的電視。瑪麗和蟋蟀兩個人，只是有意無意地看著。她們分別坐在單人椅上。瑪麗戴著眼鏡。運動夾克和肩帶包包都放在地上。蟋蟀以嚴肅的表情看著《深海生物》，但不久就失去了興趣，用遙控器接連轉換著頻道。然而清晨的時刻，實在找不到特別有趣的節目。於是放棄了，關掉電源。

蟋蟀說：「怎麼樣，睏了吧？能躺下來睡一下會比較好噢。薰姊也從剛才就在休息室睡熟了。」

「不過，現在還不太睏。」瑪麗說。

「那麼，要不要喝一點熱茶或什麼？」蟋蟀問。

「如果不麻煩的話。」

「茶的話要多少都有，別客氣。」

蟋蟀用茶包和熱水瓶的熱水，泡了兩人份的日本茶。

「蟋蟀姊工作到幾點？」

「我跟小麥一組，從晚上十點做到早上十點。等住宿的客人出去以後，整理好房間就結束。不過中間可以假寐一下。」

「妳在這裡工作很久了嗎？」

「快要一年半了吧。不過這種工作，在一個地方是不會做太久的。」

瑪麗停了一下，然後問：「嗯，我可以問一個私人的問題嗎？」

「不要緊哪。不過，有些事情可能很難回答就是了。」

「妳會不會不高興？」

「不會，不會。」

「蟋蟀姊妳說妳把本名丟掉了對嗎？」

「嗯，是說過。」

「為什麼要把本名丟掉呢？」
蟋蟀拿出茶包丟在煙灰缸，把茶杯放在瑪麗前面。
「那是因為，如果用本名的話會有危險哪。因為有種種原因。老實告訴妳，就是在逃避啦。避開某方面。」
蟋蟀喝了一口自己的茶。
「還有，妳可能不知道，如果真的想逃避什麼的話，當賓館的服務生倒是滿方便的工作噢。妳看，如果當一般旅館的服務生賺的錢可多得多了。因為客人會給小費呀。但是，如果做那種工作的話，還是必須在客人面前露面吧。總不能不跟他們講話。這一點，賓館的服務生就不必讓客人一一看到臉對嗎？可以在黑暗的地方，悄悄地工作。又有地方可以讓妳睡覺。不會叫妳拿履歷表來，或要妳找保證人，不會跟妳多囉唆。名字也是，當妳說『用本名不太方便。』時，他們也會讓妳通融說『那麼，就用蟋蟀怎麼樣？』之類的。因為人手不夠嘛。所以在這個世界，蠻多有隱情或受傷的人在做噢。」
「所以不會在一個地方待很久是嗎？」
「是啊。在一個地方磨磨蹭蹭的話，總難免要露面嘛。所以呀，就從一個地方到另一個地方一直換。因為從北海道到琉球，沒有地方是沒有賓館的，不怕沒工作可以做。不過，這裡很好待，薰姊人又好，所以不知不覺就做久了。」

「妳已經逃很久了嗎？」

「這個嘛，快3年了吧。」

「一直都在做這種工作？」

「是啊。到處做。」

「那，蟋蟀姊所逃避的對象，很可怕嗎？」

「那當然可怕啦。真可怕。不過不要再讓我多說了好不好？因為我也想盡量不去提的。」

兩個人沉默了一會兒。瑪麗喝著茶，蟋蟀則望著沒有映出任何東西的電視畫面。

「在那之前妳是做什麼工作的？」瑪麗問。「也就是說，在妳這樣到處逃之前是做什麼的？」

「在那之前我做過普通的上班女郎啊。高中畢業，進入大阪相當有名的貿易公司，從早上九點到傍晚五點，穿著制服工作。就像妳這個年齡的時候。那是神戶發生地震前後的事情。現在想起來，就像一場夢一樣。然後……因為一個偶然的契機。發生了一件非常小的事情。剛開始我想這沒什麼大不了的。可是忽然發覺時，卻已經陷入進退兩難的地步。既不能往前進，也不能往後退了。於是連工作也丟掉，父母也丟掉。」

瑪麗默默地看著蟋蟀的臉。

「嗯，對不起，妳叫什麼名字來的？」蟋蟀問。

「瑪麗。」

「瑪麗妹妹。講起來我們所站著的地面哪，表面上看來好像很堅固，可是一旦發生什麼事情時，就會咻一下，底下變空掉噢。那一旦空掉的話，一切就完了。一切就沒辦法復原了。接下來，只能一個人在那下面的陰暗世界裡獨自活下去，沒有別的辦法。」

蟋蟀重新想想自己所說的事情，然後好像在反省似的靜靜地搖搖頭。

「不過當然，這可能只是我這個人太脆弱了而已。正因為脆弱，所以就滑溜溜的隨波逐流了。等到一留神時，本來應該醒過來踩煞車才對的，卻沒辦法做到。其實我沒有資格自以為是地對妳說教……」

「如果妳被發現的話，會怎麼樣呢？也就是說，被那些，在追著找蟋蟀姊的人發現的話。」

「誰知道會怎麼樣呢？」蟋蟀說。「不太清楚。不過我也不太願意去想。」

瑪麗沉默著。蟋蟀手上拿著電視遙控器，摸來摸去地撥弄著按鈕。不過並不是要打開電視。

「工作完畢後躺在被窩裡時，每次我都這樣想噢。閉上眼睛以後就這樣別再醒來算了。就這樣讓我一直一直睡下去吧。那樣的話，那麼，我就可以不用再想任何事情了。不過，我還是會作夢噢。每次都一樣的夢。我一直逃一直逃，一直被人家追，最後終於被找到被逮捕，帶到什麼地方去。然後被推進像冰庫似的東西裡去，蓋子被蓋起來。這時候猛一驚，嚇醒過來。一身冷汗，穿的衣服全溼透了。醒的時候被追，睡的時候作夢也被追，心都沒空休息。只有在這裡一面喝茶，一面和薰姊或小麥聊一些無傷的閒話的時候，才能夠稍微鬆一口氣……。不過啊，提到這種事情，瑪麗，妳是第一個噢，我對薰姊都沒提過、對小麥也沒提過。」

「關於妳在逃什麼的事情嗎？」

「嗯，當然我想她們多少也察覺到一點啦。」

兩個人沉默了一下。

「我說的事情妳相信嗎？」蟋蟀說。

「相信哪。」

「真的？」

「當然。」

「話是這麼說，也許會認為我在胡說八道也不一定呢。這種事情沒辦法知道吧。我們才剛認識。」

「可是，蟋蟀姊不像在說謊啊。」瑪麗說。

「妳能這樣說我很高興。」蟋蟀說。「我想讓妳看一樣東西。」

蟋蟀掀起襯衫下襬，露出背來。背上夾著脊椎骨，左右對稱地押著像刻印似的東西。令人聯想到鳥的足跡般的三道斜線。好像是用熱鐵鉗烙印上去的似的。周圍的皮膚都拉扯變形了。想必是劇痛的痕跡。瑪麗看到這個，不禁皺起了眉頭。

「這是我被修理的一部份。」蟋蟀說。「被烙了記號。其他還有呢。在不方便讓妳看的地方。我說的，沒有騙妳。」

「太過分了。」

「這個，我也從來沒有給任何人看過。不過瑪麗，我希望妳能相信我說的話。」

「我相信哪。」

「總覺得，如果是妳的話，我倒可以把事情坦白告訴妳。也不知道為什麼……」

蟋蟀把襯衫放下來。然後好像要讓心情告一段落似的，嘆了一口大氣。

「蟋蟀姊。」

「嗯？」

「我也有從來沒有告訴過別人的事情，可以說嗎？」

「好啊。妳說。」蟋蟀說。

「我有一個姊姊。我們就兩姊妹，她比我大兩歲。」

「嗯。」

「可是，我姊姊在大約兩個月前說『我現在開始要暫時睡覺一陣子』。晚餐的時候，在家人面前這樣宣佈。她這樣說，誰也沒有特別在意。雖然才七點鐘，不過我姊姊睡眠時間經常很不規律，而且也沒有發生什麼特別讓人驚訝的事情。我們就說『晚安』。姊姊幾乎沒有動到晚餐的食物，就回到自己的房間去，上床睡覺了。從那以後就一直睡著。」

「一直？」

「對。」瑪麗說。

蹙緊起眉頭。「完全沒有起來嗎？」

「有時候好像有起來。」瑪麗說。「桌上幫她放了食物，是有減少，好像也有上廁所的樣子，雖然只是偶爾不過也會沖澡，會換衣服。所以維持生命最小限度的事情，她會應需要而起來做。真的是只有最小限度的事情而已。可是我和我們家的人都沒有看到姊姊起來的時候。我們去看她的時候，姊姊總是躺在床上睡覺。不是假睡喲，是真的在睡。既不打呼，也不翻身，幾乎等於死掉了一樣。大聲叫她，搖她，都不會醒來。」

「那麼……有沒有請醫師來看過？」

「一向看診的醫師有時候會來看看她的狀況。就像家庭醫師一樣的人，所以雖然沒有做正式檢查，不過從醫學上來看，姊姊並沒有什麼異常的地方。既沒有發燒，雖然脈搏和血壓都相當低，但還不至於成問題。營養也算夠，沒有必要打點滴。只是熟睡著而已。當然如果是像陷入昏迷狀態的話，那問題就嚴重了，不過有時候會醒來，自己能把該做的事情都做好的話，也不需要人照顧。還去問過精神科醫師。不過醫師說，這種症狀沒有前例。如果是自己宣佈『現在開始要暫時睡一陣子』，然後就一直睡的，既然心裡那樣想睡的話，那麼大概只好暫時讓她就那樣慢慢睡吧。還說就算要治療，總之也要等到她醒過來面談過之後再說。

所以，就那樣讓她繼續睡。」

「沒有到醫院做詳細檢查嗎？」

「我父母親，希望盡量能往好的方面去想。如果姊姊想睡就讓她盡量睡個夠吧，也許有一天會像什麼事也沒發生似的忽然睜開眼睛醒過來，一切又都回到原來的樣子。他們都抱著這樣的可能性。可是我卻受不了。不如說，我已經常常無法忍受了。和不知道什麼原因，卻持續沉睡兩個月的姊姊，住在同一個屋簷下實在受不了。」

「所以才離家出走，半夜還在街上晃來晃去的？」

「我睡不著。」瑪麗說。「想要睡覺的時候，腦子裡就會浮現正在隔壁房間裡持續睡覺的姊姊的樣子。嚴重的時候，我甚至無法待在家裡。」

「兩個月啊……這倒真的很長。」

瑪麗默默地點頭。

蟋蟀說：「這個嘛，我當然不太清楚實際狀況，不過妳姊姊可能有什麼大問題，藏在心裡吧。光靠一個人的力量無法解決的事情。所以，總之就想躲到棉被裡去睡覺。想暫時離開這個肉身世界。這種心情我也不是不能了解。或者應該說，我能感同身受非常了解喲。」

「蟋蟀姊有沒有兄弟姊妹?」
「有啊。有兩個弟弟。」
「親不親?」
「以前親哪。」蟋蟀說。「現在不知道怎麼樣。好久沒見面了。」
「我的情況，老實說，不太了解我姊姊。」瑪麗說。「比方說她每天過著什麼樣的生活，想著什麼樣的事情，跟什麼樣的人交往等等。連她有沒有煩惱也不知道。這種說法聽起來也許很冷淡，不過我們雖然同住在一個家裡，但姊姊忙姊姊的，我忙我的，從來沒有姊妹兩個人敞開心好好細談過。並不是說感情不好，不是這樣。長大以後從來也沒有吵過架。只是，我們很久以來就個別過著很不一樣的生活……」
瑪麗望著什麼也沒映出來的電視畫面。
蟋蟀說:「妳姊姊大體上是什麼樣的人呢?妳如果不太清楚她的內在方面的話，光是外表方面也沒關係，瑪麗妳可以大概告訴我妳對妳姊姊所知道的事情嗎?」
「她是大學生。上的是有錢人的女兒上的私立教會大學。二十一歲。雖然上的是社會學系，不過我不認為她對社會學有興趣。只不過為了體面而在那類的大學擁有個學籍，懂得要領通過考試了而已。有時候她會給我零用錢，讓我幫她代寫報告。另外她也在雜誌上當模特兒，偶爾會上電視。」

「電視？什麼樣的節目？」

「沒什麼了不起的節目。例如微笑一下，在有獎徵答節目裡拿著商品展示給人看之類的。節目已經結束了，所以現在已經沒有再出現了。另外也在幾個小廣告上出現過。像搬家公司之類的。」

「一定長得很漂亮吧。」

「大家都這麼說。跟我完全不像。」

「如果可能的話，就算一次也夠了，我也希望自己能生為那樣的美人。」蟋蟀說著，短短的嘆一口氣。

瑪麗猶豫一下之後，好像透露秘密似的說。「我覺得很奇怪……，睡著的姊姊實在真漂亮。可能比醒著的時候還要漂亮。簡直像透明的一樣。連做妹妹的我都會怦然心驚的程度。」

「像睡美人一樣。」

「對呀。」

「有誰來吻她一下讓她忽然醒來就好了。」蟋蟀說。

「但願如此。」瑪麗說。

兩個人暫時沉默下來。蟋蟀手上依然拿著電視遙控器，無意義地玩弄著。救護車的警笛聲從遠方傳來。

「嘿，瑪麗，妳相信像輪迴之類的事情嗎？」

瑪麗搖搖頭。「我想大概不相信。」

「妳認為沒有來生之類的嗎？」

「我沒有去深入想過這類的事情。不過我覺得好像沒有理由可以認為有來生。」

「妳認為死掉以後，一切都會化為烏有嗎？」

「基本上是這樣想。」瑪麗說。

「我啊，認為應該是有像輪迴之類的事情吧。不如說，如果沒有的話，就太可怕了。因為我實在無法理解所謂無這東西。既無法理解，也無法想像。」

「所謂無就是絕對的什麼都沒有，所以都不必特別去理解也不必去想像了，不是嗎？」

「可是，如果說萬一喲，如果那是要求妳去確實理解和想像的那種無的話，又怎麼辦呢？瑪麗妳也沒有死過啊。這種事情沒有實際死過也許還不知道呢。」

「確實說得沒錯，可是……」

「這種事情一開始想起來，就覺得越來越恐怖噢。」蟋蟀說。「光想著就開始呼吸困難，全身僵硬起來。那樣的話不如相信有輪迴還比較輕鬆一點。不管下輩子出生會變成多淒慘的東西，至少還可以具體想像那個樣子不是嗎？比方說變成馬的自己啦，變成蝸牛的自己啦。就算下輩子恐怕不太妙，還可以賭下下輩子的機會。」

「可是，我還是覺得，死掉以後什麼都沒有的想法比較自然。」瑪麗說。

「這可能是因為，瑪麗妳精神上比較堅強的關係吧。」

「我？」

蟋蟀點點頭。「妳看起來好像很堅定地擁有屬於妳自己的東西。」

瑪麗搖搖頭。「沒有這回事。我才沒有很堅定呢。我小時候，對自己總是非常沒有自信，一直很不安，所以在學校常常被欺負。很容易成為被欺負的目標。那時候的感覺，還留在我心裡。也常常會作夢。」

「不過，花時間一直努力，這種情況就逐漸克服了對嗎？那時候的討厭記憶。」

「慢慢的稍微好一點。」瑪麗說。然後點頭。「一點一點慢慢的。我屬於這種類型。努力型的人。」
「一個人一點一點耐心做。就像森林裡的打鐵匠那樣？」
「對。」
「不過，我覺得能夠這樣很了不起喲。」
「妳是說努力這件事情嗎？」
「我是說能夠努力這件事。」
「就算其他方面一無可取嗎？」
蟋蟀什麼也沒說地微笑著。
瑪麗想一想蟋蟀所說的話。然後說。
「我確實想花時間，一點一點逐漸建立起像是自己的世界般的東西。一個人進入那樣的世界時，某種程度心情會輕鬆一點。不過，不得不特地建立起那樣的世界，這件事情本身就等於說我是個容易受傷的脆弱的人，對嗎？而且這種世界，以世間的眼光來看也是微不足道的微小世界。像用紙箱搭起來的房子一樣，只要稍微吹來一陣強風，就不知道會被吹到什麼地方去……」
「有男朋友嗎？」蟋蟀問。
瑪麗簡短地搖頭。

蟋蟀說：「可能還是處女？」
瑪麗臉紅了，然後輕輕點頭。「嗯。」
「很好啊，這也不是什麼羞恥的事情。」
「是。」
「沒有遇到妳喜歡的人嗎？」蟋蟀問。
「有交往過的人。不過……」
「雖然交往到某個程度，可是還沒有喜歡到最後那個地步。」
「嗯。」瑪麗說。「好奇心當然是有的，可是無論怎麼樣都沒有那個意思，所以……我也搞不太清楚。」
「那樣很好，沒關係呀。如果沒有那個意思的話，不需要勉強去做。老實說，我以前跟很多男人做過，可是想起來，那終究是因為害怕吧。因為如果沒有人抱我的話會害怕，或者人家要的時候沒辦法明白說不要。只是這樣而已。那樣的做法，沒有任何好處。活下去的意義之類的東西，只會一點一點耗損掉而已。我說的意思妳明白嗎？」
「大概。」
「所以說，瑪麗等妳確實找到喜歡的人，我想那時候妳會比現在對自己更有自信的。做事情不可以半途而廢隨便放棄。世間有些事情是只有一個人能做的，也有些事情是要兩個人才能做的噢。這如果能適當地組合起來是很重要的。」

瑪麗點點頭。

蟋蟀用小指頭抓抓耳垂。「我的情況很遺憾已經太遲了。」

「蟋蟀姊。」瑪麗以認真的聲音說。

「嗯？」

「如果能好好逃過的話就好了噢。」

「有時候，我會覺得好像在跟自己的影子賽跑似的。」蟋蟀說。「不管想用多快的速度逃跑，都不可能逃得掉。沒辦法把自己的影子揮掉啊。」

「不過，其實可能不是這樣。」瑪麗說。稍微猶豫一下之後補充道：「說不定，那不是自己的影子，而是完全不同的別的東西呢。」

蟋蟀想了一下，終於點頭。「說得也是。只能想辦法盡量努力去克服了。」

蟋蟀看看手錶，伸了一個大懶腰站起來。

「那麼，我差不多該去工作了。妳也在這裡休息一下，等天亮之後，早一點回家去。好嗎？」

「嗯。」

「妳姊姊的事情一定會順利解決的。我這樣覺得。雖然只是模糊的感覺。」

「謝謝妳。」瑪麗說。

「瑪麗，妳雖然現在跟妳姊姊好像有點隔閡，不過我想以前也有過不是這樣的時候。妳就去回想看看，妳跟姊姊真的很親密，覺得緊緊貼著的那個瞬間的事情。現在也許無法立刻想起來，不過只要努力應該可以想起來的。再怎麼說家人總是長久相處過來的，那種情況，在以前什麼時候應該至少會有一次。」

「是的。」瑪麗說。

「我啊，常常會想起以前的事情。尤其是像這樣在全日本到處逃之後。於是，我拼命的努力去回想以前，很多記憶都相當清晰地甦醒過來喲。一直忘記很久的事情，也在某種觸發下，啪一下想起來。這很有趣喲。人的記憶這東西真奇怪，好像沒有用處的，沒辦法的事情，塞滿了整個抽屜。現實上必要的重要事情卻一一遺忘掉。」

蟋蟀手上依然拿著電視遙控器，站在那裡。

她說：「因此我想，所謂的人，是不是在把記憶當做燃料活下去的呢。至於那記憶在現實生活上是不是重要的東西，對維持生命而言似乎不要緊。只不過是燃料而已。不管是報紙廣告傳單也好，是哲學書也好，是色情的畫報也好，是一萬圓的大把鈔票也好，點起火來燒的時候，都只不過是紙片而已對嗎？火並不會一面想『噢，這是康德嘛』或『這是讀賣新聞的晚報嗎』或『好美麗的乳房啊』之類的一面燃燒。從火的角度看起來，每一種都只不過是紙頭而已。就像那樣。重要的記憶，或不太重要的記憶，或完全沒有用處的記憶，都沒有區別，只不過是燃料而已。」

蟋蟀自己一個人點點頭。然後繼續說：

「而且，如果我沒有這些燃料的話，如果我自己內心裡沒有這種記憶的抽屜的話，我想我大概老早就啪一聲折成兩段。在某個貧瘠的地方，抱著雙膝死在路邊了。就因為不管是重要的事情也好，微不足道的事情也好，我還能從抽屜裡把各種回憶在需要的時候一點一點慢慢抽出來，就算繼續過著這種惡夢般的生活，也還能夠繼續活下去喲。就算心裡想道，不行了，我再也受不了了，也還能夠勉強撐得過去。」

瑪麗還坐在椅子上，抬頭看著蟋蟀的臉。

「所以，瑪麗妳也加加油好好動腦筋看看，回想一下各種事情。想想以前妳跟妳姊姊的事。那一定可以成為重要的燃料的。對妳自己，還有對妳姊姊大概都可以。」

瑪麗默默看著蟋蟀的臉。

蟋蟀再看一次手錶。「我不走不行了。」

「謝謝妳，告訴我很多事。」瑪麗說。

蟋蟀揮揮手走出房間去。

瑪麗一個人留下來，重新環視房間內部一圈。這是賓館的一個狹小房間。沒有窗戶。即使拉開威尼斯百葉窗簾，後面也只有牆壁的凹入部分而已。只有大得不協調的床。枕頭旁邊有很多莫名其妙的按鈕，看起來簡直像飛機的駕駛艙似的。自動販賣機裡放有樣子活生生的電動按摩棒、形狀誇張的彩色內衣褲。那些對瑪麗來說都是看不慣的奇怪光景，不過倒也沒有特別感到敵對的印象。瑪麗在那樣奇怪的房間裡獨自待著，反而有一種像被保護的感覺。她發現自己的心情已經好久沒有這樣安穩了。她讓自己的身體深深沈進椅子裡，閉上眼睛。然後就那樣睡著了。雖然短暫卻很深沉的熟睡。這正是她長久以來所希求的。

16

am

這地方是樂團借來做為深夜練習用的，像倉庫一般的地下室。沒有窗戶。天花板高高的，管道配置露出在外面。因為通風設備不良，所以室內禁止吸煙。夜晚即將接近尾聲，正式的練習已經結束，現在則還在進行著自由即興輪奏與合奏。屋子裡總共有十個人左右。其中有兩個女的，一個在彈鋼琴，另一個手上拿著高音薩克斯風正在休息。其他都是男的。

以電子鋼琴和木貝斯和鼓的三重奏為背景伴奏，高橋正吹著長長的伸縮喇叭獨奏。索尼．羅林斯（Sonny Rollins）的〈Sonnymoon for Two〉。節奏不太快的藍調。演奏得不錯。與其說是技術好，不如說是樂句的重疊方式、故事的傳送方式讓聽者享受音樂。其中也許還表現出類似人格般的東西。他閉上眼睛，沉醉在音樂中。中音薩克斯風、高音薩克斯風和小喇叭也偶爾從背後加進簡單的重奏。沒有參加的人則在一面聽著演奏，一面從壺裡倒出咖啡來喝，或檢查著樂譜，整理著樂器。偶爾在獨奏之間開口加入幾聲聲援。

由於四周都是裸露的牆壁，迴音很大聲，所以鼓聲幾乎只用鼓刷演奏而已。在用長條木板和細鋼管椅拼湊組合起來的急就章桌子上，零散擺著披薩盒子、裝有咖啡的水壺、紙杯之類的東西。也有樂譜、小型錄音機、和薩克斯風的簧片。因為等於沒有暖氣，因此大家都穿著大衣或夾克在演奏。正在休息的成員之中，也有把圍巾纏在脖子上，戴著手套的。相當不可思議的光景。高橋的長獨奏結束後，貝斯手就接著彈一段獨奏。結束之後則開始四支管樂的主題合奏。

曲子結束後休息十分鐘。在長時間的練習之後，大家果然都感到相當疲倦了，每個人都變得比平常沉默一些。有的在做身體的伸展運動，有的在喝熱飲料，有的在吃餅乾之類的點心，有的出去外面抽一下煙，一面準備開始下一首曲子。只有彈鋼琴的長髮女孩在休息時間裡還一直坐在樂器前面，試彈著幾組和音的變化。高橋坐在細鋼管椅上整理樂譜，分解伸縮喇叭，把沾上的唾液甩掉，用布簡單擦一擦之後開始收進盒子裡。看來他似乎不打算參加下一回的演奏了。

剛才的貝斯手高個子男人走過來，拍拍高橋的肩膀。「嘿，你剛剛吹的獨奏，棒噢。很細膩動人。」

「謝謝。」高橋說。

「高橋兄，今天就到此為止了嗎？」吹小喇叭的長髮男生開口問。

「嗯，我有一點事情。」高橋說。「不好意思，最後的收拾就麻煩你們了。」

am

白川家的廚房。報時聲音響起來，上午五點NHK的新聞報導開始了。播音員朝著正面的攝影機鏡頭端莊地讀著新聞。白川坐在餐廳的餐桌前，以小音量開著電視。好像聽得到又像聽不到那樣的音量。領帶解開了掛在椅背上，襯衫袖子捲到手肘的地方。優格的容器已經空了。並沒有特別想看新聞。沒有一條新聞引人興趣。這是本來就知道的。他只是沒辦法輕易睡著而已。

他在桌上，把右手慢慢地張合幾次。那上面有的不是單純的疼痛，而是包含著記憶的疼痛。他從冰箱拿出沛綠雅礦泉水的綠色瓶子，貼在手背上冰敷。然後扭開瓶蓋，倒在玻璃杯裡喝。把眼鏡摘下來，仔細地按摩眼睛周圍。但是睡意卻還不來訪。雖然身體確實訴說著疲勞，然而腦子裡，卻有東西不讓他睡。有什麼東西卡在那裡。他沒辦法順利擺脫。白川放棄了，又戴上眼鏡，眼睛看看電視畫面。鋼鐵在海外市場的傾銷問題。政府對日圓急速升值所採取的修正對策。母親帶著兩個幼兒一起自殺。把汽油灑在車子裡點火燃燒。已經燒成一團焦黑的車子影像。還在冒著煙。街上差不多快展開聖誕節商戰了。

夜已接近尾聲，對他來說夜晚並沒有那麼容易結束。再過不久家人就要起床了。無論如何都想在那之前睡著。

am

「阿爾發城」旅館的一個房間。瑪麗身體深深沉入一把單人椅上，正在假寐。玻璃矮桌上，穿著白襪的雙腳搭在上面。看起來很安心的睡臉。桌上蓋著讀到一半左右的厚厚的書。天花板的燈光還亮著。但瑪麗似乎並不在意房間的明亮。電視開關切掉了，正保持沉默。整理得乾乾淨淨的床。除了天花板的空調所發出的低吟聲之外，聽不到任何聲響。

am

淺井惠麗的房間。

淺井惠麗不知道什麼時候，已經在這邊了。回到自己房間的自己床上，在這裡睡著。臉朝向天花板，身體動也不動一下。連睡著的呼吸聲都聽不見。這就像最初我們進入這個房間時，所看到的情景一樣。帶有重量的沉默，和濃密得可怕的睡眠。像沒有一絲波紋的，鏡子般的思維水面。在那裡她正仰頭浮在上面。房間裡看不到任何凌亂的痕跡。電視冷冷地關上，回到月球背面去了。她大概是順利地從那謎樣的房間逃離出來了吧？門順利地打開了嗎？

誰也沒有為我們回答疑問。那個問號沒有回應，便與夜的最後黑暗，一起被吸進冷淡的沉默中去了。勉強得知的事實，只有淺井惠麗已經回到這個房間，躺在自己床上的這件事而已。我們眼睛所看到的，是她總算平安無事，輪廓無損，終於能夠回到這邊來了。一定是在最後的瞬間，成功逃出門外的吧。或者順利地發現了別的出口。

不管怎麼樣，看來夜晚之間在那個房間裡所發生的一連串奇怪事情，已經完全結束了。完成了一整個過程的循環，變異被回收得不留一點痕跡，困惑被覆蓋起來，每件東西看來似乎都恢復原來的狀態。原因和結果在我們周圍握手和解，總合與解體保持著均衡。終究，一切都是在伸手也搆不到的，深深裂縫裡似的地方所展開的。從半夜到天空開始泛白的黎明時刻，那樣的場所在某個地方悄悄張開黑暗的入口。那是個我們的法則無法發揮任何效力的場所。什麼時候在什麼地方那深淵會把人吞進去，什麼時候在什麼地方又會把你吐出來，誰也無法預見。

惠麗現在正毫不迷惑地，在床上端正地繼續睡著。她的黑髮，化為優雅的扇子，在枕頭上展開無言的意含。可以感知清晨已經接近的跡象。夜的黑暗最深的部分已經過去了。

不過真的是這樣嗎？

am

在7-11的店裡。高橋肩上扛著伸縮喇叭的盒子，正以認真的眼神選著食品。準備回公寓房間睡覺，醒過來之後要吃的東西。店裡沒有其他客人的影子。天花板的擴音機正播出菅止戈男（Suga Shikao）的〈Bomb Juice〉。他選了塑膠容器裝的鮪魚沙拉三明治，然後拿起牛奶盒，和其他盒比較一下包裝上的日期。牛奶對他的生活是具有重大意義的食物。多麼細微的事情都不能馬虎。

就在這時候，放在乳酪架上的行動電話開始響起來。這是白川在稍早以前留下來的電話。高橋皺起眉頭，覺得奇怪地望著那電話。到底是什麼地方的誰把行動電話遺忘在這裡了呢？看看收銀台那邊，但沒看見店員的身影。電話鈴聲一直響個不停。沒辦法他只好拿起那銀色小行動電話來，按了通話的按鈕。

「喂！」高橋說。

「你逃不了的。」男的聲音出其不意地說。「你逃不了的。不管你逃到哪裡，我們都會逮到你。」

好像把列印的文章照著讀出來一般，平板的說法。沒有傳達出任何一種感情。對方到底在說什麼，當然高橋完全無法理解。

「嘿，等一下。」高橋比剛才大聲一點說。

但是他的話，似乎怎麼也沒傳進對方的耳裡。打電話來的男人以沒有抑揚頓挫的聲音單方面地繼續說。就像預先錄在電話答錄機錄音帶上的留言那樣。

「我們會從你背後敲你。我們也知道你的長相。」

「嘿，你們好像……」

男人說：「如果有人什麼時候在什麼地方敲你的背的話，那就是我們噢。」

不知道該說什麼才好，高橋就那樣保持沉默。長久放在冷藏櫃的電話，拿在手上感到令人討厭的冷。

「你可能會忘記。我們卻不會忘記。」

「所以呀，我搞不太清楚，不過你們弄錯人了……」高橋說。

「你逃不了的。」

電話忽然斷了。線路死掉。最後的訊息被遺留在無人海岸的沙灘浪邊。高橋依然注視著手上的行動電話。男人口中所謂的「我們」到底是些什麼樣的人？本來應該接這通電話的人又是什麼地方的誰呢？雖然無法想像。不過男人的聲音留下很糟的餘味，像沒有條理的咒語般的殘響還留在他耳朵裡（耳垂變形的那邊耳朵）。手上還留著像握過蛇之後那種黏黏滑滑的感受。

是誰因為什麼理由，正在被不只一個人追蹤著，高橋這樣想像。從打電話來的男人斷然的口氣推測，那個誰可能逃不了。總有一天會在什麼地方，意想不到的時候，忽然從背後被人敲打。然後會發生什麼事情呢？

不管怎麼樣，都跟我無關，高橋這樣告訴自己。那可能是，在都會的背後不為人知的地方所進行的暴力、血腥行為之一。通過不同世界的不同路線所傳遞的事事物物。我只不過是個經過的行人而已，但基於好心拿起了便利商店貨架上響個不停的行動電話而已。他猜想有人把電話遺忘在這裡，可能為了確認地點而打來聯絡的吧。

高橋把行動電話摺疊起來，放回原來的地方，法國Camembert乳酪片的盒子旁邊。最好不要再跟這支行動電話扯上關係比較好。而且最好盡快離開這個地方比較妙。離那個危險線路越遠越好。他快步走到收銀台去，從口袋掏出一把零錢，付了三明治和牛奶的帳。

am

在公園的長椅上高橋獨自一個人坐著。剛才那個有貓的小公園。除了他之外沒有任何人。兩座並排的鞦韆，地面覆蓋著枯葉。天空浮著月亮。他從大衣口袋拿出自己的行動電話，按了號碼。

瑪麗在「阿爾發城」旅館的房間。電話鈴聲響起。她在第四次或第五次的鈴聲中醒過來。皺一下眉，看看手錶。從椅子上站起來，拿起聽筒。

「喂。」瑪麗以不確定的聲音說。

「喂。是我，妳在睡覺嗎？」

「睡了一下。」瑪麗說。用手捂著聽筒咳了一下。「不過沒關係。我只是坐在椅子上打個盹而已。」

「如果可以的話要不要現在去吃早餐？剛才我說過的那家煎蛋很好吃的餐

廳。我想除了煎蛋之外也還有其他好吃的東西。」

「你練習結束了嗎？」瑪麗問。不過那聽起來好像不是自己的聲音。我是我，又不是我。

「結束了啊。我肚子餓得很。妳呢？」

「老實說，我肚子不太餓。倒是很想回家。」

「沒關係。那麼總之，我送妳到車站。我想頭班車應該已經開出了。」

「從這裡到車站，我也可以一個人走的。」瑪麗說。

「如果方便的話我還想跟妳談一下話。」高橋說。「一起走到車站一面談好嗎？如果不會麻煩妳的話。」

「沒什麼麻煩的。」

「十分鐘以後我到那邊去接妳。這樣好嗎？」

「好啊。」瑪麗回答。

高橋關掉手機，摺疊起來收進口袋裡。從長椅上站起來，伸了一個大懶腰，然後抬頭看看天空。天空還很暗。跟剛才一樣的弦月浮在天空。從接近黎明的都會一角仰望時，那樣大的物體免費地浮在天空，這件事情本身就令人感覺很不可思議。

「你逃不了的。」高橋一面仰望著那弦月一面試著發出聲音。

那話語的謎樣聲調，以一個隱喻留在他心裡。你逃不了的。你也許會忘記，但我們卻不會忘記，打電話來的男人說。在思考著話中含意之間，開始覺得這個留言好像並不是給其他的誰，而是直接衝著他個人來的。說不定，那並不是偶然發生的事情。也許那個行動電話是安靜藏身在那便利商店架子上，正等待著高橋從前面經過的。我們，高橋想到。他說的我們，到底是指誰呢？還有他們到底不會忘記什麼呢？

高橋把樂器盒子和大手提袋揹在肩上，以悠閒的腳步往「阿爾發城」旅館的路上開始走。一面走，一面用手掌摸摸臉頰上長出來的鬍子。夜晚最後的黑暗，像一層薄膜般包住都會。路上開始看到垃圾車出現了。幾乎和那互相交錯的是，在都會的各個角落度過一夜的人們，正朝向車站開始走動起來。像溯溪往上游的魚群那樣，他們目標一致地指向第一班電車。通宵工作終於結束的人，徹夜遊玩終於疲倦的年輕人——雖然立場和資格不同，他們大體上都一樣沉默寡言。連在飲料自動販賣機前身體緊貼在一起的年輕情侶，現在也沒有話說了。兩個人只是無言地互相分傳著身上留有的些微溫暖而已。

新的一天已經來到近在眼前了，舊的一天還依然拖著沉重的下襬。就像海水與河水在出海口互相拉鋸一般，新的時間和舊的時間彼此既對抗競爭，又互相溶合。自己的重心現在到底在哪一邊的世界呢？高橋也無法看得很清楚。

17

am

瑪麗和高橋並肩走在路上。瑪麗把包包掛在肩上，紅襪隊的帽子低低地戴在頭上。沒戴眼鏡。

「怎麼樣，睏不睏？」高橋問。

瑪麗搖搖頭。「剛才稍微瞇了一下。」

高橋說：「有一次我也像這樣徹夜練習完，打算回家時從新宿搭上中央線電車，打個瞌睡睜開眼睛時卻已經到了山梨縣。到山裡面了噢。不是我自豪，不過我在哪裡都可以立刻睡熟。」

瑪麗好像在想著什麼其他的事情似的，沉默著。

「……嘿，對了剛才談到的話題吧。淺井惠麗的事。」高橋切進來。「如果，妳不想談的話，也可以不談。我只是問問而已喲。」

「嗯。」

「妳姊姊一直在睡覺。老是不醒過來。妳好像是這樣說的。對嗎？」

「對。」

「我雖然不太清楚狀況，不過妳所說的也就是像昏睡狀態一樣吧？變得意識不清嗎？」

瑪麗有點難以開口。「不是這樣。我想目前也沒有生命危險的跡象。只是……一直在睡覺而已。」

「只是一直在睡覺而已？」高橋問。

「嗯。不過……」才要開口，瑪麗就嘆一口氣。「嘿，不好意思，我好像還是沒辦法說清楚。」

「沒關係。如果沒辦法好好說的話，也不必勉強說。」

「一方面是累了，頭腦沒辦法整理。而且，自己的聲音聽起來也好像不是自己的聲音。」

「什麼時候都可以。以後再說吧。現在不談那個了。」

「嗯。」瑪麗好像鬆一口氣似地說。

然後兩個人暫時什麼也沒說。只是往車站走著。高橋一面走，一面輕聲吹著口哨。

「到底幾點鐘天才會亮起來呢？」瑪麗問。

高橋看看手錶。「現在這個季節，我想想，大概要六點四十分左右吧。因為正是一年之中夜最長的季節，黑暗還有一陣子呢。」

「黑暗說起來，還滿累人的噢。」

「因為這本來是大家都應該睡覺的時間哪。」高橋說。「人類在天黑之後，還無所謂地外出，在歷史上看來也不過是最近的事情。以前的人一旦天黑之後人家都必須躲在洞窟裡，保護自己的身體才行。我們體內的時鐘，還設定在天黑後就睡覺的狀態。」

「從昨天傍晚天暗下來以後，我覺得好像已經過了好長的時間。」

「也許實際上真的經過很長的時間。」

大型貨運卡車停在藥妝店門口，司機正把運來的貨搬進半開的鐵捲門裡。兩個人從那前面通過。

「嘿，過幾天可以再跟妳見面嗎？」高橋說。

「為什麼？」

「為什麼？」他反問道。「想再跟妳見面談話啊。最好是比較正常的時間。」

「這是表示，像約會的意思嗎？」

「也許可以這麼稱呼。」

「可是，跟我見面，到底要談什麼呢？」

高橋想了一下。「我們之間有什麼共通的話題呢——妳想問的是關於這個嗎？」

「我是指，除了惠麗的話題之外。」

「這個嘛，忽然提到共通話題，現在，一時也想不起具體的話題。不過我覺得如果在一起的話，好像會有很多話可以談。」

「跟我談話一定也很無趣吧。」

「以前有人對妳這樣說過嗎？說跟妳談話很無趣？」

瑪麗搖搖頭。「並沒有特別這樣。」

「那麼，妳就不用太在意了。」

「有時候有人說我有一點黑暗。」瑪麗老實說。

高橋把樂器盒子從右肩換到左肩。然後說：

「嘿，我們的人生，並不能單純地劃分成明亮或黑暗。在那之間有所謂陰影的中間地帶。能夠認識那陰影的層次，並去理解它，才是健全的知性。而且要獲得健全的知性，是需要花費相當的時間和努力的。我倒覺得妳並不是性格上黑暗。」

瑪麗想一想高橋所說的話。「可是我很膽小啊。」

「不，不對吧。膽小的女孩子，不會像這樣一個人半夜在街上走的。妳在這裡，想要找什麼。對嗎？」

「**在這裡**？」瑪麗問。

「我是指跟平常不一樣的地方，在離開自己熟悉的圈子之外的領域。」

「然後我找到了什麼呢？在這裡？」

高橋微笑著，看看瑪麗的臉。

「至少我想再跟妳見一次面談一談。我這樣希望。」

瑪麗看著高橋的臉。兩個人目光相遇。

「不過，這可能很難。」她說。

「很難？」

「嗯。」

「也就是說，我可能再也見不到妳了嗎？」

「事實上是。」瑪麗說。

「妳正在跟誰交往嗎？」

「現在並沒有。」

「那麼，妳不太喜歡我？」

瑪麗搖搖頭。「不是這個問題。我的意思是說，我下星期一就不在日本了。我要到北京大學去，以類似交換留學生的形式，暫時留在那邊到明年六月。」

「原來如此。」高橋很佩服似地說。「妳是優秀學生。」

「碰運氣試試看提出申請，結果被選上。我才一年級，所以心想可能不行吧，不過好像正好有個特別的課程計劃。」

「那太好了。恭喜妳。」

「所以，出發前剩下沒幾天了，我想有很多事情要準備，會很忙。」

「那當然。」

「當然什麼？」

「妳要準備出發到北京的事情，一定會有很多事情要忙，沒有空跟我見面。這是當然的。」高橋說。「這個我很可以理解。很好，沒關係。我會等妳。」

「可是回日本來，要半年以後噢。」

「別看我這樣，我這個人可是很有耐心的。要消磨時間我也很擅長。如果方便可以告訴我那邊的地址嗎？因為我想寫信給妳。」

「那倒可以。」

「如果我寫信去，妳會回信嗎？」

「嗯。」瑪麗說。

「然後等妳明年夏天回到日本來的時候，我們可以約會或見面什麼的。到動物園或植物園或水族館去，然後可能的話去吃個政治正確的，好吃的煎蛋。」

瑪麗再看一次高橋的臉。好像要確定什麼似的，筆直看對方的眼睛。

「可是，你為什麼會對我有興趣呢？」

「誰知道，為什麼噢？現在我也沒辦法適當說明。不過以後，跟妳見幾次面談一談話之間，或許會像法蘭西斯．雷的音樂那樣，不知不覺間不知道從哪裡飄來，啦啦啦啦就把為什麼我會關心妳的具體理由排列出來也不一定。雪可能也會順利地為我積得高高的。」

到達車站之後，瑪麗從口袋拿出紅色小記事本，寫下北京的地址，撕下那一頁，遞給高橋。高橋把那張紙折疊成兩半，放進自己的皮夾裡。

「謝謝。我會寫很長的信。」他說。

瑪麗在關閉的自動收票機前面站定下來，考慮一下。猶豫著要不要把心裡想的事情說出來。

「剛才我想起一件關於惠麗的事情。」她終於下定決心說出來。「雖然有很長一段時間忘記了，不過在你打電話來以後，我在旅館的椅子上恍恍惚惚之間，記憶忽然甦醒過來。很突然的。現在就在這裡講出來可以嗎？」

「當然。」

「在清楚地想起來之間，很想對什麼人說出來。」瑪麗說。「要不然，我怕細微的地方可能又會消失掉。」

高橋把手放在耳朵邊，表示在側耳傾聽著。

瑪麗開始說起來。「在我上幼稚園的時候，和惠麗兩個人，曾經被關閉在我們家公寓的電梯裡。我想大概是因為地震吧。電梯在樓層的途中忽然大搖大晃，然後就停掉了。同時電燈也熄滅，變成一片黑漆漆的。真正的黑漆漆喲。連自己的手指都看不見。而且在那電梯裡面，除了我們兩個人之外沒有任何人搭乘。我嚇得全身僵硬。簡直就像從活生生的立刻變成化石一樣。連一根手指頭都動彈不得。無法好好呼吸，也發不出聲音。惠麗叫著我的名字，可是我連回答都沒辦法。頭腦正中央好像麻痺掉了似的，一片空白。惠麗的聲音聽起來也像是從什麼縫隙裡傳來的似的……」

瑪麗稍微閉一下眼睛，讓黑暗在腦子裡重現。

她再繼續說：「我不記得，那黑暗持續了多長的時間。好像覺得時間非常長，實際上可能沒有那麼長也不一定。不過不管是十分鐘也好二十分鐘也好，具體的長度不是問題。總之在那之間，惠麗在黑漆漆之中，緊緊抱著我。而且不是普通的抱法噢。兩個人的身體好像要融合成一個身體那樣，用力緊緊的抱。她一刻也沒放鬆那力量。好像一旦放鬆兩個人各自分開的話，在這個世界我們就沒辦法再度相遇了，那樣的感覺。」

高橋什麼也沒說，靠在自動收票機旁，繼續等瑪麗說下去。瑪麗把右手從運動夾克裡抽出來，暫時看著那隻手。抬起頭來繼續說。

「當然，我想惠麗其實也非常害怕的。我想她一定也跟我一樣害怕。應該也想大聲喊叫甚至哭出來喲。因為她那時候也才不過小學二年級呀。不過惠麗卻很冷靜。她那時候，一定是下了決心要堅強起來。為了我，她決心做姊姊的自己一定非堅強起來不可。『沒問題。不要害怕噢。有我在一起，而且馬上會有人來救我們』，她一直在我耳邊繼續像這樣哄我。以非常確實而鎮定的聲音。簡直就像大人一樣。她甚至還唱歌給我聽，不過我已經不記得是什麼歌了。我也想一起唱的，可是我唱不出來。害怕得，聲音都出不來。不過惠麗一個人，就為了我唱給我聽。那時候的我，在惠麗的雙臂裡可以把我自己完全交付給她。我們在黑暗中可以沒有一點空隙地結合成一體。連心臟的鼓動，都可以互相配合呼應著。然後電燈突然亮起來，電梯猛然震一下，開始移動起來。」

瑪麗在這裡稍微停一下。追溯著記憶，尋找適當的語言。

「不過那卻是最後一次。那次……怎麼說呢，是我能夠走到惠麗跟前最靠近的瞬間。我們的心重疊在一起，沒有隔閡地成為一體的瞬間。從此以後我就覺得好像跟惠麗逐漸越離越遠。變成各自分開，後來就開始生活在兩個不同的世界裡。在那電梯的黑暗中所感到的一體感，或者說類似強烈的心的聯繫感覺，在我們兩個人之間已經再也沒有回來過。到底是什麼地方出了差錯，我也不知道。不過總之，我們已經回不去了。」

高橋伸出手，牽起瑪麗的手。瑪麗稍微吃了一驚，不過並沒有把手縮回去。高橋一直靜靜地溫柔地握著她的手。小巧而柔軟的手。

「其實我並不想去。」瑪麗說。

「去中國？」

「對。」
「為什麼不想去呢？」
「因為害怕。」
「害怕是當然的啊。一個人去到陌生的，遙遠的地方。」高橋說。
「嗯。」
「不過妳沒問題的。妳會很順利。我也會在這裡等妳回來。」
瑪麗點點頭。
高橋說，「妳非常漂亮噢。妳知道嗎？」
瑪麗抬起頭來看高橋的臉。然後抽回手來插進運動夾克的口袋裡。看著腳前面。確定黃色的運動鞋沒有弄髒。
「謝謝你。不過現在我想回家了。」
「我會寫信給妳。」高橋說。「就像以前的小說上會出現的那樣，很長很長的信。」
「嗯。」瑪麗說。
她走進收票口，往月台的前方走，消失在預先就停在那裡的快車車廂裡去。
高橋目送著她的背影。出發的鈴聲終於響起，車門關上，電車從月台駛出去。已經看不見電車之後，他拿起放在地上的樂器盒扛在肩膀上，一面輕聲吹起口哨，一面朝ＪＲ的車站走去。在車站裡走動的人逐漸增加起來。

18

am

淺井惠麗的房間。

窗外亮度逐漸增加。淺井惠麗在床上睡著。表情和姿勢，跟剛才所看到的時候沒有改變。厚厚的沉睡外衣依然包裹著她。

瑪麗走進房間。小心不要引起家人注意地安靜打開門，進到裡面，再安靜關上門。房間裡的沉默和冷清，讓瑪麗有點緊張。她站在門口，注意環視姊姊的房間內部。首先確認過房間和平常一樣。細心檢查過裡面沒有奇怪的改變，沒有怪異的東西藏身在角落裡。然後才走近床邊，俯視正熟睡中姊姊的臉。伸出手輕輕放在她的額頭上，小聲呼喚她的名字。但是毫無反應。就像每次那樣。瑪麗把書桌前面的旋轉椅拉到枕頭邊來，彎下腰。俯身向前，湊近姊姊的臉很注意地觀察。想探尋藏在裡面的暗號含意。

經過大約五分鐘的時間。瑪麗從椅子上站起來脫掉紅襪隊的帽子，把變得亂亂的頭髮弄整齊，然後把手錶脫下來。把這些東西排著放在姊姊的桌上，脫掉運動夾克，脫掉附有帽子的休閒套衫。脫掉那下面穿的法蘭絨格子襯衫，只剩下白色T恤衫。脫下厚厚的運動襪、脫掉藍色牛仔褲。並悄悄鑽進姊姊床上。讓身體在棉被裡躺好之後，伸出細細的手臂環抱正在仰臥著的姊姊的身體。臉頰輕輕貼在姊姊胸前，就那樣靜止不動。側耳傾聽著。想要理解姊姊心臟鼓動的每一個聲音。一面側耳傾聽，瑪麗的眼睛一面安穩地閉上。終於從那閉著的眼睛，沒有任何預告地，流出眼淚來。非常自然的，大滴眼淚。那眼淚順著臉頰落下，沾濕了姊姊的睡衣。然後又一滴，眼淚從臉頰滴落。

瑪麗從床上坐起身來，用指尖擦拭臉頰的眼淚。好像對什麼——雖然不知道那具體上是什麼——不過感覺非常抱歉似的。覺得自己做了無法挽回的事情。那是一種無法掌握前因後果，非常唐突，卻也非常真切的感情。眼淚還不停地繼續湧出來。瑪麗的手掌上，接住滴落下來的眼淚。剛滴落的眼淚，像血液一般溫暖。還殘留著體內的溫度。瑪麗忽然想到，我能夠處在和這裡不同的地方。而且惠麗也能夠置身於和這裡不同的地方。

瑪麗為了慎重起見再一次環視房間裡面，然後再俯視惠麗的臉。美麗的睡臉——實在好美。美得真想就這樣把她裝進玻璃櫃裡。意識正好從那裡消失。隱藏到某個地方去，躲了起來。不過那應該化為地下的水，流在某個眼睛看不見的地方。瑪麗可以聽得見那輕微的聲響。她側耳傾聽。那是離這裡不太遠的地方。而且那水流，在某個地方一定和我自己的水流混合為一。瑪麗這樣感覺。因為我們是姊妹呀。

她彎下身，短促地吻一下惠麗的嘴唇。抬起頭，再度俯視姊姊的臉。在心裡讓時間經過。再一次親吻。這次更久，更溫柔。好像在跟自己親吻似的，瑪麗這樣感覺。瑪麗與惠麗，一字之差。她微笑著。然後在姊姊身旁，像鬆了一口氣似地弓起身體躺下。盡量和姊姊貼緊，讓身體的溫暖互相傳遞。生命的記號互相交換。

惠麗，回來吧，她在姊姊的耳邊喃喃低語。拜託妳，她說。然後閉上眼睛，全身力量放鬆。閉上眼睛時，睡意像溫柔的大浪那樣，從海面撲來，把她捲進去。眼淚已經停止了。

窗外急速明亮起來。從窗戶放下的百葉簾縫隙之間，鮮明的光線射進房間裡來。古老的時間性喪失了效力，正準備退到背後去。許多人口中還嘀咕著古老的語言。然而在新上昇的太陽光下，語言的含意正在急速地移動著、更新著。就算那大多的新含意，是只能繼續到當天黃昏的暫時性東西也好，我們還是要跟他們一起把時間送走，繼續往前邁進。

房間的角落裡，電視畫面看來似乎瞬間閃亮了一下。映像管好像要浮出光源的樣子。那上面有什麼在開始動起來的跡象。如同影像般的東西的些微動搖。可能是電線迴路快要再度和某個地方聯繫上了吧。我們屏住氣息，安靜守候著進展。但是下一個瞬間，畫面仍沒有映出任何東西。上面有的只是空白而已。

我們以為看到的東西，也許只是眼睛的錯覺也不一定。從窗外射進來的光線因為某種情況變化而晃動，可能只是那晃動反射在玻璃表面而已也不一定。房間依舊被沉默所支配。但那深度和重量，則比先前明顯地減弱、衰退了。現在耳朵裡已經可以聽到小鳥的聲音。如果將聽覺調練得更澄清的話，也許還可以聽見經過路上的腳踏車聲、人們交談的聲音、收音機氣象報告的聲音。說不定還能聽見土司逐漸烤焦的聲音。清晨滿溢的陽光正無償地洗滌著世界的每個角落。年輕的姊妹在一個小床上，身體緊緊依偎著，正安靜地睡著。除了我們之外，可能誰也不知道這件事情。

am

在7-11的店裡。店員手上拿著盤點表格，在通道上彎腰檢查著存貨狀況。店裡正播放著日語的嘻哈音樂。年輕店員。剛才在收銀台為高橋結帳的店員。茶色頭髮身材瘦瘦的。值完夜班很累的樣子，打了好幾次大呵欠。混合著音樂，不知道從什麼地方傳來行動電話的鈴聲。他站直起來張望四周。探頭看看每一條通道。沒看見客人的影子。店裡除了他之外沒有任何人。但電話手機的鈴聲卻執拗地響個不停。真奇怪。到處繞著尋找之後，終於在乳製品的冷藏貨架上找到了。一支被人遺留下來的電話。

真是的，是誰把手機遺忘在這種地方。頭腦有問題嗎?他咋舌一下，滿臉不耐煩的樣子拿起那冷冰冰的機器，按一下通話鍵貼在耳朵邊。

「喂——」他說。

「或許你以為你幹得很漂亮噢。」男人以缺乏抑揚的聲音說。

「喂！」店員大吼一聲。

「不過，你逃不了的。不管你逃到哪裡都逃不了的。」隔一陣暗示性的短暫沉默，電話掛斷。

am

我們化為一個純粹的視點，在市街的上空。所見到的，是逐漸甦醒過來的巨大都市的情景。被漆成各種顏色的通勤列車正往個別不同的方向移動，把許多的人從一個地方運往另一個地方。被運送的他們，雖然各自擁有不同的容貌和精神，但同時也是整個集合體的無名的一部份。既是一個總體，同時也只是一個零件。他們一面將那樣的二義性巧妙地、方便地分別使用著，一面迅速而確實地進行著清晨的儀式。刷牙、刮鬍子、選領帶、擦口紅。看電視新聞、和家人交談、吃早餐、排便。

日出之後，烏鴉為了覓食，便成群地飛到街上來。牠們漆黑油亮的羽翼，在朝陽中閃著光。二義性這問題對烏鴉們來說，並沒有對人類來說那麼重要。確保維持個體所必要的營養份，是對牠們來說的最重要事項。垃圾車還沒有把所有的垃圾收集完畢。畢竟是個巨大的都市，所產生的龐大數量的垃圾。烏鴉們一面發出騷動的啼叫聲，一面像俯衝的轟炸機那樣降落到市街的各個角落。

新的太陽，將新的光線注入市街。高層大樓的玻璃窗閃著耀眼的光輝。天空沒有雲。現在這個時刻連一片雲也看不見。只有沿著地平線看得見一圈薄薄的霧靄霞光而已。弦月化為白色沉默的岩塊，變成遠方遺失的訊息，浮在西邊的天空。報導交通狀況的直昇機像神經質的振羽昆虫般在天空飛著，將道路堵塞狀況的影像傳送到電台。首都高速公路上，收費站前，想進入城內的車輛已經開始堵塞起來。夾在高樓大廈之間的許多街道，卻還處在冷冷的陰影中。在那裡昨夜的記憶，多半還原封不動地保留著。

am

我們的視點離開市中心的上空，移動到安靜的郊外住宅區上。底下，是一排排有庭園的兩層樓房子。從上面看起來，每一家顯得幾乎相同。同樣的年收入，同樣的家族成員組合，深藍色的Volvo新車，正自豪地反射著朝陽。裝設在庭園草坪上的高爾夫練習用的網子。剛剛送來的早報。牽著大型狗正在散步的人們。從廚房窗戶可以聽見，正在準備早餐的聲音。人們互相招呼的聲音。在這裡嶄新的一天也正要開始。那或許是沒有比前一天好的一天，也許在各種意義上成為長留記憶中的燦爛的一天。不過不管怎麼樣，不管對誰來說，此時此刻依然是什麼都還沒寫上的一張白紙。

看來每家都一樣的住宅之中，就選一家朝那裡筆直降下去。穿過奶油色百葉窗簾低垂的二樓玻璃窗，無聲地進入淺井惠麗的房間。

瑪麗在床上，緊靠著姊姊的身體睡著。傳來微小的沉睡呼吸聲。以我們所見，似乎睡得很安心。可能因為身體溫暖的關係吧，臉頰比剛才紅潤一些。瀏海披在眼睛上。大概正作著夢，或者是記憶的殘存吧，嘴角浮出微笑的影子。瑪麗穿過漫漫長夜的黑暗時刻，在那裡和遇見的許多夜行人交談過許多話，現在好不容易回到自己的地方來。威脅她的事情，至少此時此刻，並不存在周圍。她十九歲，被屋頂和牆壁保護著。被有草坪的庭園、防盜警鈴、剛剛打過蠟的休旅車，和在附近散步的聰明大型狗保護著。從窗戶照進來的朝陽溫柔地罩著她，溫暖她。瑪麗的左手，放在披散在枕頭上的惠麗的黑髮上。那手指以自然的形狀柔軟地張開著，稍微彎曲著。

至於惠麗方面來說，她的姿勢和臉上的表情，還是看不出什麼變化的地方。妹妹進來鑽進棉被裡，睡在她身旁，她也似乎完全沒有察覺的樣子。

但是終於，惠麗的小嘴唇，有了什麼反應似地微微牽動一下。一瞬之間，十分之一秒左右的，快速震動。但經過充分磨練而成為純粹視點的我們，卻沒有看漏這個動靜。這瞬間性的肉體信號，我們確實看到了。現在的震動，可能是該來的什麼的小小胎動也不一定。或者是小小胎動的，更微小的預兆也不一定。但無論如何，不知道什麼已經穿過意識的微小縫隙，正朝這邊送出訊號。我們得到這種確實的印象。

我們準備小心地悄悄守候，看著那預兆不要被其他企圖所妨害，而能順利在早晨的新陽光中花時間慢慢膨脹起來。夜終於破曉，黎明剛剛來臨。到下一次黑暗來訪之前，還有時間。

藍小說941

黑夜之後

作者—村上春樹
譯者—賴明珠
主編—葉美瑤
編輯—邱淑鈴
美術編輯—賴盈成
企劃—陳靜宜
校對—楊樂朵、蔡佩青、賴明珠、邱淑鈴

董事長—趙政岷
出版者—時報文化出版企業股份有限公司
108019台北市和平西路三段二四〇號三樓
發行專線—（〇二）二三〇六—六八四二
讀者服務專線—〇八〇〇—二三一—七〇五
（〇二）二三〇四—七一〇三
讀者服務傳真—（〇二）二三〇四—六八五八
郵撥—一九三四四七二四時報文化出版公司
信箱—10899臺北華江橋郵局第九九信箱
時報悅讀網—http://www.readingtimes.com.tw
電子郵件信箱—liter@readingtimes.com.tw
法律顧問—理律法律事務所　陳長文律師、李念祖律師
印刷—紘億印刷有限公司
初版一刷—二〇〇五年一月十七日
初版三十一刷—二〇二三年十二月二十九日
定價—新台幣二六〇元
（缺頁或破損的書，請寄回更換）

時報文化出版公司成立於一九七五年，
並於一九九九年股票上櫃公開發行，於二〇〇八年脫離中時集團非屬旺中，
以「尊重智慧與創意的文化事業」為信念。

AFTERDARK
by Haruki Murakami

Originally published in Japan by Kodansha Ltd., Tokyo.
Chinese (in complex character only) translation rights arranged with
Haruki Murakami, Japan
through THE SAKAI AGENCY and BARDON-CHINESE MEDIA AGENCY.

ISBN 957-13-4247-5
ISBN 978-957-13-4247-4
Printed in Taiwan

國家圖書館出版品預行編目資料

黑夜之後 / 村上春樹著；賴明珠譯. -- 初版. --
臺北市：時報文化, 2005 [民94]
面；　公分. --（藍小說；941）

ISBN 957-13-4247-5（平裝）
ISBN 978-957-13-4247-4（平裝）

861.57　　93024317

am 06:52

pm 11:56

黑夜之後